문학과 글

Literature and Writing

최평숙

문학론

푸른사상
PRUNSASANG

문학을 연구하고 향유하는 데에서 얻는 즐거움은 무어라 말할 수 없으리만큼 크다. 더구나 문학을 생산하는 일에 동참하게 되면서 느꼈던 감정은, 처음부터 현재까지 말로 다할 수 없는 감동이다. 좋은 작품을 자주 써내지 못하면서도, 문학에 발을 담그고 살고 있다는 그 자체만으로도, 이렇게 감동적일 수 있다는 것은, 문학이 가지고 있는 힘이다.

그 문학의 힘을 강의를 듣는 학생들에게 알려주고 싶었고, 그를 통해 삶의 현장에서 일어나는 숱한 문제들을 풀어가게 하고 싶었다. 그러면서도 가끔은 고민했다. 과연 불확정적이고 변화무쌍하기까지 한 이 시대에 문학이 힘이 될까, 더욱이 문학에 대한 원론적인 이해를 바탕으로 하는 '문학과 글'이라는 강의가 학생들에게 얼마나 현실감 있게 다가올까, 하는 고민이었다. 하지만 강의를 진행하면서 그러한 고민은 기우에 지나지 않았다는 것을 알게 되었다. 생각 외로 문학에 대한 학생들의 관심이 뜨거웠고, 내가 느끼고 있는 감동을 학생들도 여전히 느끼고 있었다. 거기서 나는 희망적인 미래를 보았다.

이 글은 학생들에게 강의하면서 참고했던 학자들의 견해와 나름대로 독자적으로 작성한 강의록을 바탕으로 문학의 이해와 글쓰기를 위한 교재로 엮은 것이다. 글의 구성은, 문학의 이해에서는 이론과 작품 감상 뿐 아니라 시 창작과 수필 창작 방법을 통해 문학을 향유하는 데까지 나아갈 수 있도록 방법을 제시하였다. 그리고 자기표현의 수단이 되는 글쓰기 방법을 실었다. 학생들을 위한 강의 교재로 구성한 것이기 때문에 원론적인 이야기가 많다. 그러나 그것을 바탕으로 많은 문학작품을 읽고 감상하며 그 느낌을 글로 표현하고 나아가 실용문 쓰기까지 접근한다면 효율적인 공부가 되리라 생각한다.

문학이란 무엇인가로부터 시작하여 문예사조의 이해, 시와 소설 그리고 희곡과 수필 등의 문학작품에 대한 이해를 바탕으로 창작하기에 이른다. 한 학기 동안에 모두 습득하기는 어려운 일이지만 학기를 마친 후 언제라도 다시 꺼내보고 활용하면 될 것이다. 문예사조의 이해 같은 부분은 한 학기 수업 분량이기 때문에 이 글에서는 간략하게 특징적인 것을 바탕으로, 문예사조의 흐름을 일견할 수 있도록 꾸몄다. 문예사조의 이해 뿐 아니라 한국 현대문학의 흐름도 마찬가지이다. 문학사라는 것을 그렇게 간략하게 몇 페이지로 이야기할 부분이 아니다. 그러나 교양과목으로 개설된 '문학과 글' 강의를 위해 엮은 교재이므로 나머지 부분들은 필요에 의해 채워나가면 되리라 생각한다.

글쓰기의 중요성은 날마다 부각되고 있는데 실제로 글쓰기에 자신감을 가진 사람은 드물다. 그래서 작문 부분을 구성할 때도 어렵게 접근하지 않고, 꼭 필요한 부분들만 기술하여, 실제 글쓰기에 적용하도록 하였다. 풍부한 글쓰기의 자료가 이미 넘쳐나고 있는 실정이므로 더 필요한 것은 자료들을 참고하면 될 것이다. 부분마다 넣어 놓은 예문을 잘 읽고,

이해를 통해 글쓰기 방법을 습득한다면, 글 읽기와 쓰기에 도움을 얻을 것이다.

각 장마다 말미에 연구 문제를 제시해 놓았는데, 학습한 것을 바탕으로 연구 문제를 작성하며 스스로 공부한다면, 학생들 뿐 아니라 문학과 글쓰기에 관심을 가진 누구라도 도움이 되리라 생각한다. 소설 창작법과 희곡 창작법을 이 글에서 싣지 못한 것은 아쉽지만, 다음 기회에 다시 논하기로 한다. 이 글을 바탕으로 공부하면서 부족한 부분들은 참고문헌에 제시된 책을 찾아 읽고 스스로 학습하면 될 것이다.

이 책이 문학과 글쓰기에 관심 있는 독자들이 문학을 이해하고 글쓰기에 접근하는 데 도움이 되기를 바란다. 다만 많은 교재와 책이 넘쳐나는 이 때에 한 권의 사족과 같은 책을 얹어 놓는 게 아닌가 싶어 조심스럽기도 하다. 그러나 이 책의 글들은 인덕대학교에서 e-러닝 수업을 진행하면서, 학생들에게 효율적인 학습이 되는 방법을 모색하는 중에 나오게 되었다.

끝으로 책이 나올 수 있도록 힘을 보태주신 모든 분들께 고마운 마음을 전하지 않을 수 없다. 먼저 인용하고 참조한 학자들의 선구적 결과물이 없었다면, 책이 나오기는 불가능했을 것이다. 작품을 넣을 수 있도록 흔쾌히 허락해 주신 작가 선생님들, 가르침과 사랑으로 늘 베풀어주시는 장현숙 선생님, 문학을 사랑할 수 있게 가르쳐주신 변정화 선생님과 김삼주 선생님, 존경하는 전혜자 선생님, 그리고 책으로 엮어주신 푸른사상사 한봉숙 사장님과 예쁘게 편집해주신 푸른사상 편집부 직원분들, 사랑하는 가족들에게 깊이 고개 숙여 고마운 뜻을 전한다.

2013년 3월
최명숙

제1장

문학이란 무엇인가

1. 문학의 본질

문학이란 무엇인가라고 묻는다면, 그것에 대한 답변은 누구나 조금씩 다를 것이다. 그것은 문학은 사람이 살아온 경험 즉 가치 있는 경험을 바탕으로 쓰인 것이지만, 사람이 살아온 삶의 내용은 모두 다르기 때문이다. 어떻게 보면 막연하고 광대하기 때문에 한마디로 말할 수 없는 것이, 문학이란 무엇인가에 대한 답이 될 것이다. 이것은 아리스토텔레스의 『시학』에서부터 현재에 이르기까지 문학에 대한 다양한 논의를 해왔으나, 누구나 그렇다고 인정할 만한 객관적이며 보편적인 정의를 이끌어내지 못했다는 데에서도 알 수 있다. 문학에 대한 정의를 한마디로 내릴 수 없는 것은 어쩌면 당연한 결과인 것이다. 왜냐하면 위에서도 말했듯이, 문학은 사람의 삶을 바탕으로 하여 생산된 것이라고 할 때, 사람의 삶은 무척 다양하고 다르기 때문이다.

문학을 공부하는 데에 있어서 먼저 생각하고 염두에 두어야 할 것이 있다. 그것은, 문학은 사람과 사람의 삶에 대한 이해와 진지한 탐구로부터 시작된다는 것이다. 문학은 사람에 대한 이야기이며, 그 사람을 둘러

싸고 있는 환경 속에서, 상호작용하는 삶의 총체성을 반영하고 있기 때문이다. 그러므로 문학을 이해함에 있어서 사람과 사람의 삶에 대한 것을 떼어놓고 생각할 수는 없으며, 결국 사람을 이해하는 것은 삶을 이해하는 것이며, 나아가서는 인생을 이해하는 것이라고 할 수 있다.

사람의 삶에는 숱한 문제와 갈등이 내포되어 있다. 그리고 사람은 그 문제와 갈등을 숙명적으로 겪을 수밖에 없는데, 그러한 주제를 담고 있는 것 중의 하나가 문학이라는 장르이다. 결국 문학은 사람의 삶과 그 사람이 살아가고 있는 사회현실을 반영하는데, 그러한 것은 사회를 구성하는 사람들이 공통적으로 지니고 있는 행동과 생활의 양식 즉 문화까지 반영한다고 볼 수 있는 것이다.

문화라는 용어는 여러 가지 의미로 사용되지만 한마디로 넓게 말한다면 사람과 관련된 모든 활동의 산물이라고 할 수 있다. 즉 일정한 자연환경이나 사회환경에서 생활하는 사람의 집단이 오랜 세월을 거쳐 터득한 의도적 생활방식 내지 생활양식의 총화라고 할 수 있다. 문학은 이러한 넓은 의미 속에 포함되는 하나의 예술양식으로, 당시의 사회현실을 그 속에 담고 있다고 볼 수 있다. 그러므로 문학을 이해하기 위해서는 당대의 문화를 이해할 수 있어야 하며, 그것을 통해 당시의 사회상을 유추해 볼 수 있는 것이다.

문화를 형성하고 향유 계승하는 주체는 사람이다. 사람은 자신들의 이상과 목표를 실현하고 달성하기 위해 또는 공동의 목표를 달성하기 위해 집단생활을 하는데 이것은 곧 사회이다. 이렇게 모여 사는 사람들은 과거의 문화를 전승받고 현재의 문화를 창조하고 후손들에게 문화를 물려주게 되는데 이것은 사람만이 가진 특성이라고 볼 수 있다. 그러한 의미에서 우리의 문학은 과거의 고전문학과 현대문학이 그 주제나 성격적인 면에서 연속선상에 놓여 있다고 할 수 있으며, 그것은 과거의 문화를 전승받고 현재의 문화를 창조하는 문화의 특성적인 것과 한 맥락 안에 있다고 볼 수 있다.

이처럼 문학과 문화는 유기적 관계 속에 놓여 있음을 알 수 있다. 그리고 당대의 현실과 삶의 방식을 잘 반영하고 있는 것 중의 하나가 문학이며, 문학은 결국 그 사회의 문화적인 환경 속에서 생산된 소산물인 것이다. 또한 시대의 가치관이나 삶의 방식 또는 사고와 의식의 방식의 변화에 따라 문학작품의 주제와 소재 역시 변화하는 것을 알 수 있으며, 그것은 문학이 당대 사회와 현실을 반영한다는 맥락에서 이해될 수 있다고 할 수 있다. 그렇지만 이렇게 여러 가지 이야기를 서술해도, 문학이 무엇인지 명쾌하게 정의해내는 데에는 미흡하다는 것을 숨길 수는 없다. 그러므로 지금까지 논의되었던 문학에 대한 몇 가지 정의를 바탕으로 개념을 정리해 보기로 한다.

첫째, 문학은 언어를 매개로 한 예술활동으로 사람과 사람의 삶에 대한 이야기를 담고 있다. 문학은 언어활동을 통하여 이루어진다. 따라서 문학작품에는 언어생활의 관습이 나타나게 된다. 언어생활의 관습은 시간이나 공간, 역사적 환경, 종교 등의 차이에 따라 다를 수 있다. 그리고 문학작품의 여러 상황이나 갈등에 대처하는 방식, 문제를 해결하는 태도 등도 시대와 문화 또는 관습에 따라 다르게 나타난다고 할 수 있다. 그러한 것들은 그 당시의 삶의 양식이나 사고방식에 따라 다르며, 문화적 특색을 나타내기도 한다. 결국 문학과 문화는 떼어서 생각할 수 없으며 문학작품을 통해 그 창작 당시의, 또는 그 작품에서 시대적 배경으로 하고 있는 당시의 사회상과 문화를 엿볼 수 있다. 따라서 문학을 통해 문화적 전통을 계승하고 나아가 새로운 문화를 창조하고 계승해 나가는 것을 알 수 있다.

둘째, 문학은 언어를 바탕으로 하여 사람의 감정과 사상을 표현하는 예술이다. 음악은 멜로디로 감정을 표현하고, 무용은 동작이나 몸짓으로 사람의 감정을 표현한다면, 문학은 언어를 바탕으로 사람의 감정을 표현하는 예술인 것이다. 이 감정으로 문학은 어느 분야의 세계보다 사람의 정서적인 측면을 중요시한다고 볼 수 있다. 그리고 정서적인 측면에 내포되어 있는 것은 작가가 살고 있는 세상을 바라보고 인식한 인생관과 세계관이다. 그것은 작가의 내면에 있는 사상이 구체화되어 나타난 것이다. 이렇듯 문학은 인간의 감정을 표현하는 것에 그치지 않고, 작가에게 내재된 사상과 세상을 재해석한 인생의 의미를 묘파하고 있는 것이다.

셋째, 문학은 삶의 가치 있는 체험을 표현한 것이다. 문학이 사람의 체험을 바탕으로 생산되는 것이기는 하지만 모든 체험이 문학이 될 수는 없다. 그것은 문학적 방법에 의해 가치 있는 것으로 재구성된 것이어야 한다. 그 체험은 개인적 정서를 바탕으로 한 주관적 세계를 강조한다. 그러나 거기에 머무르지 않고, 삶의 진실을 추구하는 것이어야 한다는 것이다.

넷째, 문학은 상상력의 소산이며 창조의 세계이다. 이것을 간단하게 설명하기란 쉽지 않다. 그러나 문학은 사람이 처해 있는 모든 제약으로부터 벗어나 해방감을 느낄 수 있게 하는 상상력 혹은 창조성을 지향한다. 이것은 현재의 제약이나 구속으로부터 벗어나 다양하고 이상적인 미래를 꿈꾸게 하는 것이다.

다섯째, 문학은 한 사회를 비추는 거울이며 그 사회현실을 반영한 것이다. 이 개념은 가장 오래된, 문학에 대한 전통적인 개념이다. 즉 문학을 모방의 형식이라고 보는 것으로, 아리스토텔레스에게까지 올라간다.

아리스토텔레스는 플라톤이 말한 '문학은 현실의 모방'이라는 문학론을 넘어, 문학이란 단순한 모방이나 재현한 것이 아니라 인간의 심성과 행위의 보편적 양상을 제시한다고 하였다. 이는 삶의 재현, 재창조를 의미했다. 즉, 어떤 사실을 모방하고 묘사하는 역사와 달리 문학이 모방하는 것은 개연성이며, 그 개연성은 있을 법한 것으로 누구나 납득할 만한 것이어야 한다는 것이다. 이 모방이라는 말은 19세기 사실주의에 와서 사실의 반영, 자연의 재현 등과 같은 의미로 바뀌어 사용되었다.

2. 문학작품을 읽는 방법

　문학작품은 하늘에 저절로 떨어지거나 땅에서 솟아난 산물이 아니다. 미국의 문학이론가 에이브럼즈는 문학행위가 성립되려면 다음 네 가지가 있어야 한다고 했다. 그것은 작품이 대상으로 하고 있는 현실세계, 작품을 창출하는 작가, 작품 그 자체, 작품을 향유하는 독자라는 것이다. 여기서 작가가 그려내고자 하는 것은 바로 현실세계이며, 그 현실세계를 소설세계 또는 문학세계를 통해 그려내는 것이다. 그렇게 그려낸 문학작품에는 작가의 정서와 감정과 사상 또는 작가가 인식한 세계관 내지 인생관이 들어 있게 마련이다. 그렇게 창출된 문학작품을 향유하는 독자는 작품에 반영된 문학세계를 통해 현실의 문제를 바라볼 수 있는 시각을 갖게 되고, 향유함에 있어서 작가가 전하고자 하는 메시지를 읽고 감상하며 현실의 문제에 대한 해석을 하게 되기도 한다. 이렇듯 작품과 작가와 현실세계는 서로 유기적 관계 속에서 삶의 문제를 바라보고 해석하고 문제를 해결하게 된다고 할 수 있다. 이것을 그림으로 표현하면 아래와 같다.

현실세계(모방론)

작가 ——— 작품 ——— 독자
(표현론) (구조론, 절대론) (효용론, 수용론)

에이브럼즈는 현실세계, 작가, 작품, 독자라는 네 개의 좌표를 정하고 그들의 상호관계를 통해 네 개의 이론 체계가 만들어졌다고 보았다. 그 네 개 가운데 어느 관계에 관점을 두고 읽느냐에 모방론, 표현론, 구조론, 효용론으로 나누었다. 모방론은 문학작품을 그 재료가 되는 현실세계 즉 우주와의 관계 속에서, 표현론은 작가와 작품과의 관계 속에서, 구조론은 외재적인 것들과 분리하여 작품 자체 속에서, 효용론은 작품과 향수자인 독자의 관계 속에서 이해하려는 것이다.

첫 번째, 모방론은 작품과 현실세계와의 관계에서 생각해보는 것으로, 작품이란 현실세계를 모방해서 이루어진다는 것이다. 그러므로 독자는 문학세계를 이해함에 있어서 현실세계를 통해서 할 수 있다. 아리스토텔레스는 현실의 모방에 있어서 현재 존재하는 것만 모방하는 것이 아니라 있을 수 있는 모든 것의 모방을 주장했으며 이것은 창작의 가능성을 이야기하는 것이기도 하다. 이것은 문학작품을 세계와 인간생활의 모방, 반영 내지 재현으로 보고 그것의 진실성 여부에 따라 작품을 평가하는 것이다. 예를 들어 이광수의 『무정』은 근대로의 시대상, 자유연애, 개화에의 열망 같은 현실을 반영하고 있다고 볼 수 있으며, 현진건의 「운수 좋은 날」은 도시 노동자의 삶을 그대로 반영하고 있다고 보는 것이다. 이러한 것은 리얼리즘적 관점이라고도 볼 수 있다.

두 번째 표현론은 작가론이라고도 하는데, 작가와 작품의 관계가 강조된 견해로, 문학이라는 것은 작가의 창조적 상상물의 소산이라고 파악하여, 상상의 세계를 마음껏 펼치는 것이 문학작품이라고 생각하는 관점이다. 그렇기 때문에 문학작품을 해석하거나 평가함에 있어서 표현이 어떠하냐는 것에 그 기준을 두고 있다. 즉 작가 개인의 마음상태나 정서, 경험 그리고 사상이 얼마나 진지하고 적절하게 표현되었는가에 따라 작품을 판단하는 것이다. 그러므로 작가의 특징이나 문체들에 집중하여 작품을 보고, 작품에 영향을 미치는 요소들을 검토한다. 즉 가정환경, 학력, 성장과정, 독서경험, 취미, 종교, 교우관계, 사상, 정서 등이다.

예를 들면 「홍길동전」은 적서차별이라는 현실에 대해 비판적인데 그 것은 허균의 사상을 표현하고 있다고 보는 것이다. 여기서 문제는 작품의 독립성이 무시당할 수 있으며, 의도의 오류를 범할 수 있다는 것이다. 즉 작가의 의도가 고스란히 작품에 반영된다고 볼 수는 없기 때문이다.

세 번째, 객관론은 절대주의적 관점으로 작품 이해의 모든 정보를 작품 내부에서만 찾으려고 하는 입장으로, 절대론 또는 구조론이라고도 한다. 이 방법은 작품 자체를 완결된 구조로 보고 작품의 구성요소들의 유기적 관계를 분석함으로써 작품을 이해하는 관점이다. 즉 작품의 내적구조나 인물들 간의 관계 또는 작품 그 자체에만 관심을 두는 것으로, 작품 그 자체에서 문학의 의의를 찾으려고 하는 것이다. 작품의 언어와 구조, 짜임, 상징, 비유, 문체, 인물, 서사구조, 갈등관계 등에 중점을 두고 읽는다.

예를 들면 「홍부전」의 구조를 선악의 대립구조로 구성되어 있다고 보고, 착한 홍부는 부모의 죽음으로 형에게 구박을 당하나 제비 다리를 고쳐줌으로써 박씨를 얻고 부자가 되는 구성을 가진다. 그러나 형인 놀부는 악에 대한 징벌을 받는 것으로 구성되어 나타난다.

마지막으로 효용론은 문학작품의 목적이 교훈과 감동을 주는 것으로 보고 작품의 가치를 독자가 받는 교훈과 감동의 양으로 평가하는 관점이다. 이것은 수용미학적이며 독자반응 비평방법으로 작가와 독자 간의 관계에 역점을 둔다. 이처럼 근본적으로 문학을 창작하는 주체인 작가와 작품을 수용하고 향유하는 객체인 독자가 있다고 보고, 작가가 독자에게 어떠한 교훈을 전달하기 위해 작품을 썼는지를 살피는 관점이 효용론이다. 즉 문학의 기능이 독자에게 어떠한 영향을 어떻게 끼치느냐에 중점을 두는 것이다.

여기서 중요한 것은 종합적 접근방법으로 읽는 것이다. 외재적 관점인 모방론, 표현론, 효용론과 내재적 관점인 구조론을 적용하여 작품을 읽고 감상할 때 입체적으로 이해할 수 있다. 문학작품의 본질과 그 기능을 제대로 이해하기 위해 이 모든 방법을 고려해야 할 것이다.

3. 문학의 기원과 기능

1) 문학의 기원

문학은 어떻게 생겨나게 되었을까. 어떠한 것을 동기로 하여 생성된 것인가. 이것은 문학을 연구하고 사람으로서 문학을 왜 읽느냐의 물음과 더불어 꼭 생각해봐야 할 문제이다. 문학의 기원을 보통 두 가지로 나눈다. 콜링우드는 예술은 사람의 원초적이고 기본적인 정신활동이라고 했다. 이렇듯 예술을 창작하려는 심리 즉 예술 본능을 중심으로 문학의 기원을 고찰하는 것이 심리학적 기원설이고, 예술 본능을 부정하고 삶의 실용성에서 문학의 기원을 찾는 것이 사회학적 기원설이다.

오늘날 문학과 예술이 발라드 댄스에서 출발했다고 하는 발라드 댄스설이 강력한 지지를 받고 있다. 몰턴은 발라드 댄스를 운문과 음악의 반주 그리고 무용이 결합된 형태라고 보았다. 문학이 처음 자연발생적으로 나타나는 경우에는 대체로 이러한 형태를 취한다는 것이다. 이것은 원시 제천의식이나 축제에서 찾아볼 수 있는 것으로, 고대 여러 나라의 제천

의식을 예로 들지 않고 우리의 고대 부족국가의 경우만 보더라도 제천의
식을 찾아볼 수 있다.

(1) 심리학적 기원설

① 모방본능설

모방이라는 개념을 문학의 성격으로 규정한 사람은 플라톤이었다. 그
러나 문학적 모방에 대한 그의 시각은 부정적이었는데, 그것은 문학에서
의 모방은 가상의 모방이기 때문에 아무런 가치가 없다고 생각했기 때문
이다. 모방본능설은 아리스토텔레스가 『시학』에서 주장한 이론으로 예
술은 자연의 모방이며 이것에 대한 모방은 사람의 본능에 의해 발생된다
는 것이다. 자연을 모방하고, 거기서 기쁨을 맛보는 것이 사람의 본능이
며, 거기에서 또한 기쁨을 맛본다는 것이다. 이 이론은 오랫동안 문학의
정통으로 받아들여졌다.

② 유희충동설

아리스토텔레스의 모방본능설은 신고전주의 시대에 이르기까지 유럽
문학론의 중심이 되었다. 그러나 칸트의 유희설이 대두되면서 비판을 받
았다. 칸트의 유희충동설은, 예술은 일종의 유희이기 때문에 다른 목적
을 가질 수 없다는 것이다. 사람에게는 동물과 다른 유희를 즐기려는 본
능이 있고, 그것이 문학 창작에 작용한다는 것이다. 그리고 유희는 자유
로운 사람의 정신적 호흡이며, 자유로움이 작품에 생명을 부여한다고 보
았다. 이러한 칸트의 유희설은 스펜서와 실러에 의해 계승되었다.

③ 자기과시설

문학은 자기를 표현하려는 본능에 의해 창작된다고 보는 이론으로 허드슨이 주장했다. 사람은 자기의 사상이나 감정을 타인에게 드러내고자 하는 욕구를 갖고 있는데, 그 욕구가 언어로 형상화될 때 문학이 발생한다는 것이다. 즉, 문학은 사람이 자기 자신을 표현하려고 하는 욕구에 의해 창작된다고 본 것이다.

(2) 사회학적 기원설

히른(I. Hirn)과 그로세(E. Grosse)에 의해 주장된 학설로, 칸트의 유희충동설을 비판하며, 예술은 생활에 밀접한 실용적 동기에 의해 만들어졌다고 한다. 그로세의 견해에 의하면, 원시민족의 예술작품 대부분이 심미적 동기에서 이루어진 것이 아니라, 실용적 목적에 알맞도록 계획하여 만들었고, 심미적 요구는 이차적으로 생겼다는 것이다. 즉 생활에 밀접한 관련 속에서 생성되었다는 주장이다. 예컨대 무기, 조각, 문신, 편물 등의 모양이 상징이나 주인의 부호를 위해서라는 실제적 뜻을 가지고 있다는 것이다.

멕켄지(A. S. Mackenzie)도 원시시대 시가의 소재가 주로 수렵, 전쟁, 연애 풍자, 노동, 애곡 등인 것을 이야기한다. 특히 원시시대의 문학은 실제생활상의 필요에서 생긴 것이라 말하였다.

(3) 발라드 댄스설

오늘날에는 종합예술인 발라드 댄스(Ballad-Dance)에서 문학의 기원을 찾는다. 발라드 댄스란 고대에 무용, 음악, 노래가 분화되지 않은 형태로 향유되던 일종의 제의를 말한다. 특히 제천의식은 고대인에게는 신앙과 종교의 중요한 행사였고, 이런 원시적 형태의 무격신앙과 그에 따르는 노래와 춤을 원시종합예술이라고 한다. 이 발라드 댄스는 어느 부족 사회나 존재했었던 것 같다. 여기에서 문학이 태동되었다고 볼 수 있다. 우리나라의 경우 예의 무천, 고구려의 동맹, 부여의 영고 등은 발라드 댄스였다고 할 수 있다. 원시종합예술이 점차 분화되면서 무용, 연극, 음악, 시 등으로 발전되었다는 것이다.

2) 문학의 기능

문학작품을 생산하는 작가는 왜 작품을 쓰고, 독자는 왜 읽는가 하는 문제는 문학의 본질과 관련된 것이다. 문학은 우리의 삶을 영위하는 데에 필수적인 부분은 아니다. 그러나 문학활동은 사람의 삶을 풍요롭게 해주는 정신적으로 가치 있는 활동이다. 문학활동을 통해 독자는 사고의 폭을 확장시킬 수 있고 심화시킬 수도 있는, 지극히 정신적이고 인간적 차원의 고차원적인 활동이다. 이러한 문학의 제 기능에 대하여는 예로부터 꾸준히 제기되어 온 문제인데, 크게 쾌락적 기능과 교훈적 기능이 있다.

쾌락적 기능은 문학이 독자에게 기쁨과 즐거움을 준다는 것이다. 모방본능설을 주장한 아리스토텔레스는 사람은 모방한 대상에서 즐거움을 얻으며, 이 즐거움이 예술 창작의 동기라고 한다. 문학의 쾌락적 기능을 통해 카타르시스(Catharsis)를 맛보게 되는데, 문학이 주는 즐거움은 순간적인 흥미나 쾌락과는 구별된다. 여기서 말하는 문학의 즐거움은 정서를 자극함으로 얻게 되며, 그 정서는 미를 매개로 생겨나는 것이다. 교훈적 기능은 동서양에 일찍부터 제시되어 온 것으로, 작품 속에 형상화된 다양한 삶의 양상을 통해 사람과 그 세계에 대한 이해를 확장시키고, 작품에 구현된 체험의 과정을 통해 인생에 대하여 깨달음을 얻게 하는 것이다. 이는 그 시대의 현실을 진실하게 반영하여 독자에게 삶의 교훈을 얻을 수 있게 한다. 즉, 독자는 문학작품을 통하여 삶의 가치와 진실을 깨우치게 된다. 이처럼 문학은 간접적으로는 교사라고 할 수 있으며, 가치 있는 경험을 작품으로 형상화하여 가르치는 역할을 함으로써, 교시적 기능을 수행하는 것이다.

이처럼 문학의 두 가지 기능인 쾌락적 기능과 교훈적 기능은, 따로 떼어 생각할 성질의 것이 아니고, 유기적인 관계 속에서 조화를 이루어야 한다. 문학을 통해 더 넓고 깊게 인생을 배우고 익히며 삶의 진리를 깨달아야 한다. 그렇게 할 때 문학은 우리에게 보다 나은 미래를 기약할 수 있고, 그를 통하여 삶의 질이 더 향상될 것이다.

▪▪▪ 연구 문제

1. 문학과 삶의 관계를 살펴보고 문학의 개념을 정리하라.

2. 에이브럼즈의 문학작품을 읽는 관점을 작품을 예로 들어 논하라.

3. 문학의 기원을 설명하고 그것에 대한 견해를 써라.

제2장

문예사조의 이해

1. 문예사조의 개념

　문학이란 현실세계를 반영하고 있는 것으로, 우리가 그 현실을 어떻게 바라보고 그 현실의 문제에 반응하는지를 작가의 작품을 통해 보여준다. 그 현실세계를 바라보는 눈은 시대와 지역에 따라 다르지만 공통적인 측면을 갖는다. 그리고 어느 시대를 막론하고 문학과 예술은 따로 떼어서 생각할 수 없는 유기적 관계를 가지고 있으며, 서로 그 관계를 유지하면서 발전하고 변화되어 왔다. 이 두 부분이 공통적으로 지니고 있는 사상의 시대적 흐름을 문예사조라고 한다. 즉 문예사조는 문학예술의 창작에 있어서 그 근원이 되는 사상의 시대적인 흐름을 말하는 것이다.

　문예사조를 조명하는 일은 문학사상 또는 인간의 정신 역사를 통시적으로 살피는 일이라고 할 수 있다. 즉 고대로부터 현대에 이르는 각 시대별 문예사조들은 문학예술의 영역에만 한정될 수 없는, 당대 현실과 어떤 관련 속에 있는지 종합적으로 이해하는 일이다. 그러므로 문예사조는 시대별 사상과 그에 따른 문학예술의 일정한 경향을 동시에 함축하는 개념인 것이다.

문예사조를 문학사와 관련하여, 시대나 작가 또는 작품 등을 분류하고, 그 작품의 표현기법이나 양식의 개념으로 이해하는 것이 필요하다. 그리고 각 시대의 일관된 흐름을 좇는 것 또한 중요하다. 그러나 각 시대들은 서로 유기적으로 연계되는 만큼, 그 시대별 사조들을 정확하게 나누어 보려는 시도보다, 그 사조들의 연속적이고 때로는 불연속적인 상관관계를 고려하는 포괄적인 접근이 필요하다. 때로는 같은 시대라 하더라도 각 사회 또는 지역별로 다양하게 표출되는 차이들을 비교하여 살펴보아야 한다.

문예사조는 시대와 지역에 따라 다르게 발현하여 주변 국가와 다른 문화에 영향을 끼치기도 하고 영향을 받으며 발전하거나 확대되고 새로운 차원으로 나아가기도 하는데, 그 기원은 서구의 헬레니즘(Hellenism)과 헤브라이즘(Hebraism)에 두고 있다.

헬레니즘(Hellenism)이라는 말을 처음 쓴 사람은 독일의 역사가인 드로이젠으로, 헬레니즘 문화는 그리스 문화와 오리엔트 두 문화가 서로 영향을 주고받아 질적으로 변화를 일으키며 발생한 문화라고 말했다. 드로이젠 이후 영국의 비평가인 매튜 아널드가 유럽 정신을 형성하는 두 가지 원류를 헬레니즘과 헤브라이즘으로 구분하여 이야기한 후로 일반화되었다. 보통 그리스에서 로마제국 성립 시기까지 형성된 그리스 정신을 바탕으로 한 그리스 고유문화와 오리엔트 문화가 융합하여 만들어진 그리스의 문화예술을 헬레니즘이라고 말한다. 헬레니즘의 특징은 인간중심적이고 현세적이며 이성을 중시한다는 것이다. 인간의 정신적이고 육체적인 본성에 바탕을 둔 헬레니즘은 인문주의 정신을 의미한다고 볼 수 있다.

헤브라이즘(Hebraism)은 성경을 중심으로 한 신본주의로 기독교 정신에 입각한 종교적이고 신 중심적이며 내세적인 태도를 견지한다. 인간은 신이 만든 피조물로 신의 권위와 영향 아래 놓여 있다고 여겨, 금욕적이고 영적인 태도를 갖는 것을 중요하게 여긴다. 무엇보다 종교적인 차원을 중요시하기 때문에 도덕적인 경향을 보이며 초현실적이다. 이러한 경향 아래 정신적인 아름다움을 추구하는 것이 헤브라이즘의 특성이다.

헬레니즘과 헤브라이즘 이 두 가지 사조는 서로 상반된 성격을 띠고 있어 서로 대립되면서 변증법적으로 서구의 문학과 예술 그리고 철학을 발전시켜왔다고 볼 수 있다. 서구의 문예사조는 헬레니즘과 헤브라이즘에서 비롯되어 고전주의, 낭만주의, 사실주의, 상징주의, 실존주의, 모더니즘, 페미니즘, 포스트모더니즘 등의 다양한 모습으로 전개되고 발전되었으며, 세계 모든 나라의 사상과 철학 그리고 예술에 영향을 미치게 되었다.

2. 문예사조의 전개

고전주의는 17세기 중엽 프랑스를 중심으로 활발히 전개되어 유럽 전역으로 퍼져갔다. 고대 그리스와 로마의 고전을 모방하고 발전시키려는 문학운동으로 형식과 이성을 존중하였다. 고전주의 예술의 특징은 형식의 통일, 조화 존중, 표현의 명확성, 형식과 내용의 균형 존중, 감정 억제, 감수성과 상상력 억제, 이성 중심 등이다. 고전주의 문학은 프랑스 문학이 바탕이 되었고, 대표적인 작가는 프랑스의 라신·몰리에르, 영국의 알렉산더 포프, 독일의 실러·괴테 등이다. 고전주의는 17세기 말에 이르러 쇠퇴하기 시작하였다. 우리나라의 경우 서구의 고전주의적 경향을 찾아보기는 어렵다. 그러나 고전적인 형식이나 인식을 따르는 경향을 고전주의라고 한다면, 넓은 의미에서의 고전주의는 찾아볼 수 있다. 우리의 고전문학이나 한문문화권에서 시의 전범으로 인식되는 『시경』에 나타난 형식과 정신에서이다. 이는 정지용의 시 「난초」, 김수영의 시 「풀」 등에서 발견할 수 있다. 이들 시에 나타난 고풍스러움, 절제된 아름다움, 덕, 균형을 통해서이다.

계몽주의는 17~18세기 서구에서 일어난 지적 운동으로 이성을 중시하고 사회를 개혁하려는 목적을 가지고 전개되었다. 과학정신을 대두시킨 계몽주의는 현실적인 정신을 낳았고, 합리주의적 철학을 불러왔다. 계몽주의의 특징은 이성에 대한 신뢰, 미신과 편견의 해소, 중세의 권위와 전통에서 해방, 이상적 생활을 들 수 있다. 계몽주의 문학이 본격적으로 나타난 것은 고전주의 전성기 이후이다. 계몽주의는 독일의 고전주의와 연관이 깊다. 독일의 고전주의자인 실러의 작품에 계몽주의적 성향이 드러나고 있으며, 칸트에 이르러 계몽운동은 최절정에 오른다. 영국의 계몽주의는 베이컨, 로크 등에 의해 전개되었다. 우리나라의 계몽주의는 서구보다 늦은 19세기 중엽 서구 문명이 급속도로 들어오면서 사회문화 전반에 걸쳐 변화가 일어나게 되었다. 당대 지식인들은 밖으로는 외세를 막아내고, 안으로는 국민들에게 애국정신을 심어주고 계몽운동을 벌여 각성시키고자 노력하였다. 이러한 운동은 이광수의 『무정』, 최남선의 「해에게서 소년에게」 등의 문학작품에 심화되어 나타나게 되었다.

낭만주의는 17세기 말엽에 프랑스의 장 자크 루소가 인간의 자유와 자연에의 복귀를 부르짖은 것에 힘을 얻어 18세기 말부터 19세기 초까지 유럽 전역에서 일어나 고전주의의 정통성에 도전하였다. 낭만주의 문학 운동은 18세기 말에는 영국, 독일, 프랑스에서 일어났고 이탈리아와 스페인까지도 전개되어 19세기 초에는 서구 전체에 만연하게 되었다. 낭만주의는 고전주의에 대한 반동으로 일어났으며, 고전주의와 낭만주의는 대조적으로 고찰되는 게 보통이다. 고전주의 작품의 소재는 그리스와 로마 등 고대에서 얻었지만 낭만주의는 성경과 감성에서 얻었다. 낭만주의 예술의 특징은 작가의 주관과 감정을 중시하고, 주관적 · 몽환적 · 신비적이며, 헤브라이즘에 바탕을 두고 있다. 특히 행동과 상상의 자유와 주관적인 해석을 키워 반항, 혁명, 현실 도피, 환상, 감상주의, 낙천주의, 퇴폐주의 등 다양한 경향을 보이며 시문학에서 활짝 피어났다. 대표적인 작가로는 프랑스의 빅토르 위고, 독일의 노발리스, 영국의 윌리엄 워즈워스, 콜리지, 바이런, 셸리, 키츠, 월터 스콧과 미국의 에머슨, 휘트먼, 마크 트웨인 등이다. 우리나라의 낭만주의는 이상화의 시 「나의 침실로」, 나도향의 소설 「벙어리 삼룡이」 등에서 볼 수 있다.

19세기 초부터 낭만주의는 냉혹한 현실에 부딪치며 꿈이 깨어지기 시작했고, 19세기 중엽에는 미국을 비롯하여 유럽 전역에 사회적 불안이 감돌자 작가들은 현실의 사태에 직시하고 비판하게 되었다. 이에 불공평하고 부정적인 현실의 모습을 비판적으로 바라보며 작품으로 형상화하여 독자들에게 보여주자는 운동이 일어났다. 이로써 19세기 후반부터 사실주의와 자연주의가 주류를 형성하였다.

사실주의는 낭만주의에 대한 반동으로 일어났다. 낭만주의가 개인 정서를 해방하고 개인주의를 높였다면 사실주의는 과학적으로 사물을 따지려는 경향이 짙어가는 데서 영향을 받았다. 이렇듯 사실주의는 세밀한 관찰을 통하여 인간생활을 파헤쳤다. 낭만주의가 끝나고 사실주의가 도래한 것에 선을 그어주는 작품은 플로베르의 『보바리 부인』이다. 사실주의와 자연주의는 외부 현실의 관찰과 충실한 기록에 중심을 두었고, 사실주의 발생배경에는 경험과 실증을 중시하는 실증주의적 가치관이 대두된 것과 자연과학의 발달로 인한 자연관의 변화를 들 수 있다. 사실주의를 간략하게 말한다면, 객관적 사물을 있는 그대로 정확하게 표현하는 태도이다. 사실주의는 대표적인 작가로 프랑스의 발자크, 스탕달, 영국의 데포, 새커리, 러시아의 투르게네프, 도스토예프스키, 톨스토이 등이 있다. 한국문학의 수용양상은 현진건의 「운수 좋은 날」, 최서해의 「탈출기」 등 1920년대 작품에서 볼 수 있다.

사실주의가 현실을 있는 그대로 묘사하여 제시하고자 하였다면, 자연주의는 대상을 자연과학자의 눈으로 분석하고 관찰하여 보고하는 것으로, 사실주의와 연계하여 살펴볼 필요가 있다. 자연주의는 프랑스를 중심으로 하여 19세기 말에 활발하게 일어난 문예사조로 시작은 프랑스의 소설가 에밀 졸라로부터이다. 자연주의는 유전과 환경의 지배를 받는 인간관을 가지고 있으며, 자연과학적 방법으로 실험보고서를 쓰듯 현실의 모습을 세밀하게 그려내는데, 유럽 자연주의의 기본정신은 작가의 태도가 자연과학자와 같아야 한다는 것이다. 자연주의의 작품의 주인공은 대부분 부두 노동자, 광부, 창부 등의 인물로, 졸라는 소설『나나』에서 하층민들과 창부의 생활상을 면밀하게 그려내고 있다. 자연주의 문학의 특색은 과학에 바탕을 둔다는 것, 세밀한 관찰과 묘사를 한다는 것, 인생의 어두운 면을 그린다는 것이다. 그렇기 때문에 자연주의 소설이 추하고 역겨운 것에 치중하고 있으며, 거기에는 부르주아 시민사회에 대한 비판적 태도가 내포돼 있다고 할 수 있다. 한국문학의 수용양상은 김동인의 소설「감자」, 황석영의 소설「삼포 가는 길」 등이다.

상징주의는 19세기 후반 시와 미술, 음악 분야에서 프랑스를 중심으로 일어나 문예운동의 하나로, 낭만주의에서 모더니즘으로 오기까지 가교 역할을 했다. 시문학에서는 시를 창작하는 과정에서 산문적 요소를 배제하고 순수한 정서를 살리려고 한 문학활동으로, 언어의 지적 요소를 억제하고 운율을 통하여 정서를 표현했다. 그러나 감성에 치우쳐 지성과 도덕적인 면을 소홀히 하였으며, 언어의 음악성에서 문학의 순수한 가치를 추구하려고 하였다. 상징주의는 자연주의와 사실주의에 대한 반동으로 일어났다. 프랑스의 상징주의는 보들레르의 시집『악의 꽃』에서 출발하였으며, 말라르메와 베를렌은 상징주의를 발전시켰다. 상징주의 예술은 자연의 풍경이나 현실세계의 모습 그 자체를 묘사하는 것이 아니라, 숨겨져 있는 이면의 의미, 비밀 등 원초적이고 이상적인 관념을 표현하는 데에 집중하였다. 그래서 상징주의 시에서는 묘사보다 환기, 이미지 저리 활용을 극대화하고, 공감각을 바람직한 시적 경험으로 인정하였다. 한국문학의 수용양상은 김억이나 이장희의 시 「봄은 고양이로다」 등에서 만날 수 있다. 이장희의 이 시는 고양이의 털, 눈, 입술, 수염을 통해 봄이 가지고 있는 요소들을 상징적으로 표현하였다.

> 꽃가루와 같이 부드러운 고양이의 털에
> 고운 봄의 향기가 어리우도다.
>
> 금방울과 같이 호동그란 고양이의 눈에
> 미친 봄의 불길이 흐르도다.
>
> 고요히 다물은 고양이의 입술에
> 포근한 봄 졸음이 떠돌아라.
>
> 날카롭게 쭉 뻗은 고양이의 수염에
> 푸른 봄의 생기가 뛰놀아라.
>
>   − 이장희, 「봄은 고양이로다」 전문

모더니즘은 근대주의 또는 현대주의로 번역되는 것으로, 19세기 말에서 20세기 초에 서구에서 시작된 전위적이고 실험적인 예술활동을 말한다. 넓은 의미로는 근대적인 특징을 지닌 모든 문화현상을 말한다. 이는 현대예술의 특질을 말하는 막연한 명칭으로, 유럽에서는 20세기 문학 모두를 가리키기도 하는 '근대적' 또는 '현대적'인 특질을 가진 문예운동이

라고 볼 수 있다. 모더니즘은 사회가 근대화를 향해 가는 과정 속에서 개인이 겪게 되는 경험의 표현에서 생겨났다. 한국문학의 경우 1930년대 주지주의 운동과 프로문학의 퇴조로부터 일어나기 시작하여 1940년대 '신시론' 동인과 1950년대 '후반기' 동인을 거쳐 오늘에까지 이르게 되었다. 문학운동에서 모더니즘의 특성을 윤호병은 전위정신과 실험정신, 파괴정신과 창조정신, 소외감과 개인정신, 반유토피아 비판정신, 기계문명과 비인간화로 정리하여 말하고 있다. 우리나라의 모더니즘 작가는 김기림, 정지용, 김광균, 이상, 장만영 등으로, 소설로는 박태원의 「소설가 구보씨의 일일」, 김승옥의 「서울, 1964년 겨울」 등이 있다.

실존주의는 20세기 전반에 합리주의와 실증주의 사상에 대한 반향으로 독일과 프랑스를 중심으로 일어난 철학운동이다. 이것이 제2차 세계대전 후에 문학과 예술 분야 전반에 나타난 문예사조가 되었다. 철학용어로 '실존'이란 실질적으로 존재하고 있다는 것을 나타내는 말로, '본질'에 앞선 '현실존재'라는 것이다. 실존주의에서 말하는 실존이라는 것은 인간의 주체적 존재를 뜻한다. 본질인 '나는 사람이다'에 앞서 존재인 '사람이 있다'는 것에 더 주목한다. 사르트르는 인간이 절망적인 상황 속에서 스스로 선택해 나아가는 과정을 통해 세계와 존재를 인식한다고 보았다. 실존주의는 '본질'에 대하여 어떠한 태도를 취하느냐에 따라 나뉜다. 파스칼과 키르케고어 계열의 유신론적 실존주의, 신을 부정하는 하이데거·야스퍼스 계열로 무신론적 실존주의, 사르트르를 중심으로 한 행동적 실존주의 등이다. 카뮈(Camus, A.)·블랑쇼(Blanchot, M.) 등의 문학과 누보로망(nouveau roman) 계열의 소설은 무신론적 실존주의로 볼 수 있다. 작가와 작품의 예로는 사르트르의 「구토」, 까뮈의 「이방인」 등이 있다. 한국문학으로는 손창섭의 「비오는 날」, 오상원의 「유예」 등을 들 수 있다.

　페미니즘은 남녀평등을 지지하는 믿음에 근거를 두는 것으로, 불평등하게 부여된 여성의 지위나 역할에 변화를 일으켜 모든 권리의 회복과 확장을 주장하는 여성운동이다. 페미니즘은 여성 억압의 원인과 결과를 설명하고 여성해방을 위한 전략을 모색하며, 자유주의 · 마르크스주의 · 급진주의 · 사회주의 등 여러 사상이나 이론에 의해 뒷받침되거나 더불어 발전했다. 우리나라의 페미니즘은 여성해방이나 여권운동은 19세기 후반부터 서양의 근대문화가 들어오는 과정에서 시작된 운동이 아니다. 17세기부터는 이미 한국 사회에서는 자생적으로 여권의식이 생기기 시작했다고 볼 수 있다. 영조 정조 시대를 기점으로 차츰 생겨나게 된 각성의 분위기는 실학운동과 동학사상이 대두되면서 여성의 사회참여의식으로 확대되었고, 개화기와 3 · 1운동을 거치면서 더욱 고조되었다. 본격적인 여성운동은 1980년대에 활발하게 일어났고, 이에 맞물려 여성작가들이 대거 등장하여 가부장제와 자본주의에 의한 여성 억압에 대한 여성 문제를 드러내기 시작하였다. 대표적인 작가와 작품으로는 조해일의 「겨울여자」, 은희경의 「아내의 상자」, 공선옥의 「수수밭으로 오세요」 등이 있으며 오정희, 박완서, 윤정모 등의 작가의 수다(數多)한 작품이 있다. 그 이전 1920년대의 김명순, 김일엽, 나혜석 등의 작가와 작품도 지나칠 수 없다.

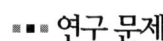 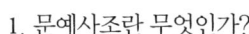 **연구 문제**

1. 문예사조란 무엇인가?

2. 고전주의와 낭만주의를 설명하라.

3. 사실주의와 자연주의의 공통점과 차이점은 무엇인가.

4. 문예사조 하나를 선택하여 작품과 관련지어 논하라.

제3장
시의 이해

1. 시의 본질과 리듬

시는 인간의 정서와 사상을 운율이 있는 언어를 사용하여 압축적으로 표현하는 문학이다. 다른 문학작품들도 그 표현수단이 언어이지만 시는 어느 장르보다 더 그 표현에 있어서 언어에 절대적인 비중을 두고 있다. 그리고 시는 언어를 배열하고 조직하는 과정에서 운율이 생성되는 것이 보통이다. 시에서 사용되는 언어, 즉 시어는 우리가 일상생활에서 사용하는 일상어이다. 그 일상어를 어떻게 다듬고 배열하며 조직하느냐에 따라 문학적 언어로 새롭게 탄생되며, 그 시어가 가지고 있는 의미를 확장시키게 된다. 시인이 언어를 어떻게 사용하느냐에 따라 의미가 효과적으로 나타난다.

시는 문학작품의 내용과 그 형식을 압축적으로 표현하는 문학인데, 형식에 있어서는 응축이며 내용에 있어서는 함축이라고 할 수 있다. 그리고 산문과 다르게 논리의 비약과, 내용의 생략 및 함축의 방법으로 창작되기 때문에 이해가 쉽지 않은 경우가 많다. M. 아놀드가 시의 정의를 "시란 결국 인생의 비평이다"라고 했듯이, 시는 인생에 대한 새로운 해석이라고 할 수 있다. 시로써 인생을 노래하고 인간이 가지고 있는 꿈을 그리며 그것을 향해 나아갈 수 있기 때문이다.

시를 쓰는 행위는 인생을 이렇게 바라보고 해석하는 존재가 있다는 것을 보여주는 방법이라고도 할 수 있다. 시를 통해 자연을 노래하거나 현실의 문제를 드러낸다고 할지라도 그것은 인간이 가지고 있는 인생에 대한 해석이기 때문이다. 여기서 염두에 두어야 할 것은 시인이 인식한 세계에 대하여 그 사상이나 관념을 전달하는 것에 그친다면 시적 형상화에 이르지 못한다는 것이다. 그러므로 정서와 상상을 바탕으로 삶의 새로운 의미를 창조하는 데까지 나아가야 하는 것이다.

시의 본질을 이해함에 있어서 시가 인간의 정서적 표현이며 시적 진술에서 주관성을 배제할 수 없다는 것을 인식할 필요가 있다. 그것은 시에서 그리고 있는 것이 객관적 대상으로서의 사물이 아니라 시인의 주관적 감정이기 때문이다. 시의 소통구조를 그림으로 표현하면 다음과 같다.

현실세계

```
        ┌── 작 품 ──┐
시인  →  │ 화자 → 청자 │  →  독자
        └──────────┘
```

이처럼 시인이 인식한 현실세계에 대하여 이야기할 때, 시 속에서 말하는 이 즉 화자를 통해 전달한다. 화자는 자아와 세계의 일치를 추구하는 서정시일 경우 시인의 분신으로 볼 수 있는데, 시적 효과를 위해 시인과 시적 화자를 분리하는 경우도 있다. 그리고 시 속에서 화자의 이야기를 듣는 청자를 통해 시인의 음성이 독자에게 전달된다. 하지만 청자가 표면에 드러나지 않는 경우도 많다. 물론 시적 화자 역시 표면에 드러나지 않는 경우도 있다.

시가 가지고 있는 특성 가운데 중요한 요소를 든다면 운율 즉 리듬이다. 엄밀한 의미에서 모든 언어는 그 본질상 리듬을 갖는다. 그리고 시는 시어의 배열과 반복 등의 조직화 과정을 통해 리듬을 생성시키게 된다. 이 리듬은 규칙적인 모든 것에서 발견할 수 있다. 사계절이나 낮과 밤 등 자연의 순환, 우리 몸의 규칙적인 맥박과 호흡, 걸음걸이에서도 발견할 수 있다. 이처럼 시를 통해 느낄 수 있는 언어의 음악적인 효과를 시의 리듬이라고 한다.

시의 리듬은 시어를 규칙적으로 배열하고 반복하는 과정에서 음악적 효과를 만들어낸다. 시의 리듬을 생성하는 데에는 특정한 소리의 반복을 활용하는 방법이 있는데 이것을 압운이라고 한다. 압운의 방법에는 시행의 구나 행의 끝에 같은 운의 음절을 다는 각운(脚韻)과 첫머리에 규칙적으로 같은 운의 음절을 다는 두운(頭韻)이 있다. 이러한 방법은 영시나 한시에서 널리 쓰이지만 우리의 시에서는 리듬의 역할을 크게 하지는 못한다.

2. 비유와 이미지

1) 비유

시의 표현방법 가운데 비유하기는 표현하고자 하는 대상인 원관념을 그것과 유사한 다른 대상인 보조관념에 빗대어 표현하는 방법을 말하는데, 비유를 위한 유추는 상상력을 통해 가능하다. 상상력은 전혀 다른 요소 가운데에서 동일성을 발견해내게 한다. 그러나 원관념과 보조관념이 비유로 성립하기 위해서는 두 관념 사이에 유추관계가 내재되어야 한다.

리차드는 원관념과 보조관념의 관계를 주지와 매재의 결합구조로 설명한다. 주지인 원관념은 시인이 표현하고자 하는 사물을 말하고, 매재는 원관념을 효과적으로 드러내기 위해 비교하는 또 하나의 사물을 말한다. 결국 원관념과 보조관념의 결합으로 이루어지는 것이 비유의 구조인 것이다.

(1) 직유법

직유법은 원관념과 보조관념을 직접 연결하여 비유하는 방법으로, 가장 기본적인 비유이다. 직유는 원관념과 보조관념 사이의 유사성에 기인한다. 연결어는 −처럼, −같이, −인 양, −듯이를 사용한다. 복잡한 유추의 작용을 거치지 않고 시적 효과를 얻는 방법으로 새로운 매재를 선택하는 것이 필요하다. 직유의 예를 들어본다면, '소나무 껍질 같은 할머니 손'이라는 시구에서, 여기서 '할머니 손'은 원관념이 되고 '소나무 껍질'이 보조관념이 된다. '소나무 껍질'이라는 보조관념을 통해 할머니 손의 이미지를 부각시키고 그 의미를 확장시키는 효과를 이끌어낸다.

(2) 은유법

은유법은 원관념과 보조관념을 연결어가 없이 암시적으로 은밀하게 비유하는 방법으로, 두 관념의 유사성과 차별성을 동시에 이용한다. 본질적으로 한 대상이나 개념을 다른 대상이나 개념의 관점에서 이해하고 경험하는 것으로, 의미의 전이가 일어나는 언어현상이다. 의미의 전이가 일어나는 것이 은유에 국한되지 않고, 제유나 환유 같은 다른 비유법에서도 일어난다. 단지 은유에서 의미의 전이가 유난히 뚜렷하고 체계적으로 일어나는 점이 다르다. 이렇듯 은유법은 다른 두 대상이나 개념 사이에서 유사성 또는 차별성을 찾는 것으로, 본래의 뜻은 숨기고 형태만 강조하는 비유법이다. 은유법은 원관념과 보조관념의 형태가 A=B, A의 B로 나타난다. 다음 예문에서 원관념 "내 마음"은 개념이고, 보조관념인 "호수"는 이미지이다.

내 마음은 호수요.
그대 노 저어 오오.
나는 그대의 흰 그림자를 안고 옥같이
그대의 뱃전에 부서지리다.

내 마음은 촛불이오.
그대 저 문을 닫아주오.
나는 그대의 비단 옷자락에 떨며, 고요히
최후의 한 방울도 남김없이 타오리다.

- 김동명, 「내 마음」 중에서

(3) 의인법

시의 수사적 기교의 하나인 의인법은 동물이나 식물 등 사람이 아닌 것을 사람처럼 비유하여 표현하는 방법으로, 모든 사물을 반려자로 보는 데에서 발생한다. 비논리적인 심성인 의인관은 세계의 자아화라는 시의 본질을 잘 구현하고 있으며, 인간의 감정을 비인간적인 어떤 대상에게 전이시키는 양식이기 때문에, 비유의 방법에 속한다.

예) 나무의 마음으로, 나무야 나무야 서서 자는 나무야.

(4) 대유법

사물의 명칭을 직접 쓰지 않고, 어떤 사물의 한 부분 또는 대표적인 특징으로 그 사물 자체나 전체를 비유하는 방법으로 제유법과 환유법이 있다. 보조관념이 원관념을 대신할 수 있는 근거는 그 두 관념 사이의 인접

성에 있다. 제유는 일부분으로 전체를 나타내는 표현이고 환유는 주변의 특징적인 것으로 원관념을 떠올리게 하는 수사법이다. 예를 들어 '사각모'는 대학졸업을 의미하는 것으로 제유법이고, '청와대'는 특징적인 건물로 정부나 대통령을 떠올리게 하므로 환유법이다.

2) 이미지

이미지는 비유적 언어 표현으로 구체적인 시의 의미를 전달하는 방법이다. 심상 또는 영상으로 특정 시어를 떠올리면 생각 속에 그려지는 모습이라고 할 수 있다. 이미지는 시 속에서 감각적 경험을 선명하게 떠올려 감동을 주는 역할을 하므로, 관념의 육화라고도 한다. 이미지는 환기력을 갖는데, 시인은 이미지를 통해 정서와 관념을 전달하고 그를 통해 정서적 반응을 불러일으킨다. 이렇듯 이미지는 시어로 인해 마음속에 떠오르는 감각의 재생으로, 알렉스 프레밍거(Alex Preminger)는 이미지를 크게 세 가지로 나누었다. 지각적 이미지, 비유적 이미지, 상징적 이미지이다.

지각적 이미지는 감각기관을 통해 성립되는 것으로 시각, 청각, 후각, 미각, 촉각적 이미지가 있다. 지각적 이미지는 단순하고 직접적으로 나타나는데, 그 가운데 시각적 이미지는 시의 회화성을 드러내고, 청각적 이미지는 의성어를 통해 시의 생동감을 드러낸다. 후각적 이미지는 냄새를, 미각적 이미지는 맛을 나타내는 것으로 두 이미지가 함께 나타나는 경우가 많다. 촉각적 이미지는 부드러움, 딱딱함, 거침, 말랑말랑함, 차가움, 따뜻함 등의 감촉을 나타내는 이미지이다.

(1) 지각적 이미지

① 시각적 이미지

까마득한 밤길을 혼자 걸어갈 때에도
내 응시에 날아간 별은
네 머리 위에서 반짝였을 것이고

– 나희덕, 「푸른 밤」 중에서

② 청각적 이미지

네가 오기로 한 그 자리에
내가 미리 가 너를 기다리는 동안
다가오는 모든 발자국은
내 가슴에 쿵쿵 거린다

– 황지우, 「너를 기다리는 동안」 중에서

③ 후각적 이미지

달은 나의 뜰에 고요히 앉아 있다
달은 과일보다 향그럽다

– 장만영, 「달 · 포도 · 잎사귀」 중에서

④ 미각적 이미지

물새는
간간하고 짭쪼름한
미역냄새
바다냄새.

산새알은
달콤하고 향긋한
풀꽃 냄새

이슬냄새.

- 박목월, 「산새알 물새알」 중에서

⑤ 촉각적 이미지

게는 이 세상이 질척질척해서
진흙 뻘에 산다
진흙 뻘이 늘 부드러워서
게는 등껍질이 딱딱하다

- 안도현, 「삶」 중에서

(2) 비유적 이미지

비유적 이미지는 이질적인 두 요소인 원관념과 보조관념을 결합시켜 만든 직유나 은유 그리고 제유 등의 수사법을 사용하여 만든다. 이로써 이미지를 획득하게 되는 것이다. 지각적 이미지가 단순하고 직접적이라면 비유적 이미지는 시의 주제와 유기적 관계를 이루고 시적 의미를 통합적으로 보여준다.

상처는 스승이다
절벽 위에 뿌리를 내려라
뿌리 있는 쪽으로 나무는 잎을 떨군다
잎은 썩어 뿌리의 끝에 닿는다
나의 뿌리는 나의 절벽이어니

- 정호승, 「상처는 스승이다」 중에서

(3) 상징적 이미지

상징적 이미지는 한 작품이나 작가, 한 시대나 민족의 여러 작품 속에 자주 나타나는 것으로, 다른 것과의 비유를 통해 얻어지는 것이 아니다. 상징적 이미지는 잠재의식, 신화, 종교와 관련된 것이 많으며, 겉으로 나타나는 특성으로는 반복적이고 상징어를 많이 사용하여 서로 중첩되거나 유사한 이미지를 반복해서 이미지를 형성한다. 그러므로 상징적 이미지는 많은 의미를 함축하거나 추상적인 성격을 띠고 있다.

'마돈나' 언젠들 안 갈 수 있으랴. 갈 테면 우리가 가자, 끄을려가지 말고!
너는 내 말을 믿는 '마리아'—내 침실이 부활의 동굴임을 네야 알련만……

– 이상화, 「나의 침실로」 중에서

3. 상징과 어조

1) 상징

상징의 어원은 그리스의 Symballein에서 찾을 수 있다. 여기에는 '조립하다'는 뜻이 들어 있으며, 명사형인 Symbolon은 표상, 증표의 뜻을 지니고 있다. 그러므로 상징은 기호로서 다른 무엇을 대신하는 기능을 갖고 있다는 것을 알 수 있다. 이렇듯 상징은 표현하고자 하는 대상을 숨긴 채 구체적인 다른 사물로 대신 표현하는 방법이다. 원관념은 암시에 그치고 보조관념만이 글에 나타난다. 이는 은유법과 비슷하지만 원관념이 직접 나타나지 않는다는 점에서 차이가 있다. 이처럼 상징은 원관념은 숨고 보조관념은 그것이 지닌 본래의 의미 외에 새로운 의미를 나타낸다. 예를 들면 "어머니는 오늘도 눈물로 진주를 만드신다"라는 시구에서 '눈물'은 인고의 세월을 말하는 것이고, '진주'는 그것으로 인해 얻은 '가치'를 말한다. 이와 같이 표현하고자 하는 대상인 원관념은 겉으로 드러나지 않고 보조관념만 나타나는데, 보조관념을 통해 유추할 수 있는 원관념이 1:1의 관계가 아니라 1:多의 관계가 된다. 그러므로 상징을 많이 사용한 시의 독해에는 어려움이 따른다. 상징의 종류를 살펴보자.

(1) 개인적 상징

개인적 상징은 시를 쓰는 개인의 상상력으로 만들어낸 것으로, 사물이나 현상에 대한 상징이 시인의 개성이나 독창적인 것으로 창조된 것이다. 대중의 보편성에 동의를 얻을 수도 있지만, 때로는 개인의 표현 범주를 벗어나지 못하는 경우도 있다. 이러할 경우 독자로 하여금 시가 난해하다는 평가를 받을 수 있다. 개인적 상징은 참신하고 독창적이기 때문에, 문학적 언어로서의 가치를 가진다.

    예) 임은 갔습니다 – 여기서 임은 부처, 조국, 연인 등이 된다.

(2) 대중적 상징

대중적 상징은 오랜 세월동안 사용되어 관습적으로 굳어져 보편화된 상징이다. 인간은 사회 속에서 타인과 관계를 맺으며 살 수밖에 없기 때문에 타인과 공유할 수 있는 보편적인 상징을 사용하게 된다. 그럼으로써 시인의 개성이 확대되어 객관성을 띠게 되는데, 관습적이고 인습적이며 알레고리적인 상징을 모두 포함한다.

    예) 장미 – 정열 / 백합 – 순결 / 십자가 – 예수 또는 기독교

(3) 원형적 상징

원형적 상징은 시대적이나 사회적인 제약을 초월하고 상징과 관념의 관계가 보편성을 갖는 것으로, 신화나 종교 또는 역사 등에 반복되어 등장함으로 인류가 공유하는 의식의 표상이 된 의미이다. 이 원형을 제공하는 것은 신화인데 그것은 중요한 의의를 띠게 된다. 왜냐하면 원형적 이미지는 여러 작품에 되풀이되어 나타나 모든 사람들에게 비슷한 의미와 반응을 불러일으키는 것으로, 개별적인 의미나 정서를 초월하기 때문이다.

예) 물 – 재생, 탄생 / 동굴 – 부활

2) 어조

어조는 시적 화자가 가지고 있는 특징으로 화자의 태도가 함축되어 있다. 시어의 의미는 어조에 의해 결정되고 시어의 선택도 어조에 의해 결정된다. 내포로서의 시어는 어조에 의해 독특한 의미를 지니기 때문이다. 어조의 종류는 이렇게 나누어 볼 수 있다. 고요한 마음으로 대상을 관찰하고 시를 음미하는 관조적 태도, 슬픔과 애절함이 내포된 애상적 태도, 차가운 태도로 비웃는 냉소적 태도, 의심을 품고 생각하는 회의적 태도, 현실의 부정과 모순을 비판하는 풍자적 태도, 웃음과 익살을 품고 있는 해학적 태도, 칭찬하고 찬양하는 예찬적 태도 등이다.

3) 시상 전개방식

시상 전개 방식은 시를 통해 시인이 떠오르는 시상을 효과적으로 표현하기 위해 시의 소재나 시구를 배열하는 방식으로, 일정한 질서와 규칙이 필요하다. 여기에는 시간의 흐름, 공간의 이동, 반복과 대조, 수미상관, 선경후정, 기승전결에 따른 방식 등이 있다.

시간의 흐름에 따른 전개방식은 아침-점심-저녁처럼 순차적인 시간의 흐름과 현재-과거-현재와 같은 역행적 시간의 흐름 방식으로 시가 펼쳐지고 있는 방식이다. 공간의 이동에 따른 전개 방식은, 시의 공간이 근경에서 원경으로 옮겨 풍경을 그릴 수 있고, 또는 반대로 원경에서 근경으로 옮겨오는 방식으로 그려지는 것이다. 그뿐 아니라 하늘에서 땅처럼 수직의 풍경을 그리는 데 사용하기도 한다. 이동된 공간의 모습을 그리는 것이라고 볼 수 있다. 반복과 대조에 의한 전개 방식은 이미지나 의미를 반복 또는 대조에 의해 시상을 전개한다. 이때 시 속에서 사용하고 있는 소재들을 통해 주제를 강조하거나 드러낼 수 있다. 수미상관에 따른 전개 방식은 시의 처음과 끝을 동일하게 하거나 유사한 시구로 시상을 전개하는 것으로, 시의 구조가 안정적이며 균형을 유지할 수 있다. 선경후정은 시의 앞부분에서는 사물이나 풍경의 모습을 그려내고 뒷부분에서는 그것을 보고 느끼는 화자의 정서를 표현하는 방식이다. 기승전결에 따라 전개하는 방식은 시상을 제시하고 그것을 펼치고 시상이 고조되다가 반전을 이루고 마무리되는 것으로 정리할 수 있다.

4. 아이러니와 역설

1) 아이러니

아이러니는 대조와 모순을 통해 진실을 깨닫게 하는 기법으로, 시에 많이 쓰인다. 그것은 시가 보이는 것을 통해 보이지 않는 것을 말하고자 하기 때문이다. 진실을 바로 드러내기보다 감추고 에둘러 말하는 방식은 아이러니가 가지고 있는 '숨기다' 또는 '변장하다'라는 의미와 상통한다. 문학적 장치로서의 아이러니는 희랍어 eironeia를 어원으로 하는데, 그 표면에 나타나는 의미와 이면의 의미가 다른 것으로, 시가 가지고 있는 특성 가운데 하나인 축어적 표현을 효과적으로 할 수 있는 방식이다. 아이러니의 유형은 세 가지가 있다. 언어적 아이러니, 상황적 아이러니, 극적 아이러니이다.

(1) 언어적 아이러니

표면에 드러나는 말과 마음의 의도 사이에 상반성이 나타난다. 의도와 발화된 말이 일치하지 않는 경우로 가장 일반적인 의미의 아이러니다. 새로 산 휴대전화를 잃어버린 아이에게 어머니가 "자알 한다."라고 했다면, 진실로 잘했다는 의미가 아니고, 물건을 제대로 간수하지 못한 것을 책망하는 의미가 들어 있는 것이다.

(2) 상황적 아이러니

서로 모순 대조되는 상황을 표면화시키는 것이다. 현진건의 「운수 좋은 날」의 주인공 인력거꾼 김첨지에게 그날은 유난히 장사가 잘 되는 날이었지만 사랑하는 아내가 세상을 떠난 가장 절망적이고 불운한 날이다. 이것을 작가는 '운수 좋은 날'이라고 표현하여 김첨지의 절망과 불운을 더욱 강조하는 효과를 거두고 있다.

(3) 극적 아이러니

작품 자체가 아이러니를 담고 있도록 된 것으로, 작품 속의 주인공은 알지 못하는 어떤 것을 관객이 이미 앎으로써 생기는 아이러니이다. 이는 김유정의 「동백꽃」, 주요섭의 「사랑손님과 어머니」 같은 작품에 나타나고 있다. 「동백꽃」의 주인공 '나'는 점순이가 왜 자신을 괴롭히는지 모르지만, 독자들은 점순이가 '나'를 좋아하기 때문이라는 것을 안다. 그리고 「사랑손님과 어머니」에서도 서술자 옥희는 사랑손님과 어머니의 행동과 표정에 나타나는 의미를 알지 못하나 독자들은 그 의미를 알고 있다. 이에 두 작품 자체에 나타나는 것은 극적 아이러니인 것이다.

2) 역설

역설은 아이러니와 구분되는 것이면서도 혼동되기 쉬운 문학적 장치이다. 역설(逆說, paradox)은 '초월'이라는 의미를 가진 그리스어 para와 '의견'이라는 의미를 가진 doxad의 합성어에서 유래했다. 그리스 수사법의 하나로 주의력을 환기시키기 위한 효과적인 방법이었다. 표현된 말이 논리상 모순어법으로 쓰이지만 내포된 진실이 숨어 있는 경우이다. 역설의 표현은 오히려 평범한 진술보다 더 강하고 깊은 의미를 드러내고 있다. 한용운의 「님의 침묵」에서 "아아, 님은 가셨지마는 나는 님을 보내지 아니하였습니다", 김영랑의 「모란이 피기까지는」에서 "찬란한 슬픔의 봄"에서 볼 수 있다.

역설은 모순성을 갖는 점에서 아이러니와 역설이 혼동되지만 분명한 차이점을 가지고 있다. 아이러니는 겉으로 드러난 표면적 의미와 감추어진 이면의 의미가 서로 모순되고 상충되지만 표면의 진술에는 모순이 없다. 역설은 표면의 진술은 논리적으로 모순이지만 의미는 진실을 담고 있다.

5. 시 작품 읽기

봄은 간다

김 억

밤이도다.
봄이다.

밤만도 애달픈데
봄만도 생각인데

날은 빠르다.
봄은 간다.

깊은 생각은 아득이는데
저 바람에 새가 슬피 운다.

검은 내 떠돈다.
종소리 빗긴다.

말도 없는 밤의 설움
소리 없는 봄의 가슴

꽃은 떨어진다.
님은 탄식한다.

이 시는 프랑스의 상징주의 시를 번역하여 우리 문단에 소개한 김억의 작품이다. 정형적인 리듬에서는 벗어나 있지만 우리말의 아름다움을 살린 시이다. 김억이 활동하던 시대의 시나 소설에서 계몽주의적 경향을 많이 발견할 수 있는데, 이 작품은 계몽성에서 벗어나 개인의 감정을 서정적으로 노래하고 있다.

　시 전체의 배경이 되는 것은 애상적인 분위기이다. 그것은 '밤'이 의미하는 것이 암울한 현실이기 때문일 것이다. 그런 가운데에서도 계절은 오고가고 꽃은 떨어진다. 4연의 "바람"은 일제의 폭압을 의미하는 것으로 읽히며, 슬피 우는 "새"는 우리 민족의 정황을 그리고 있다고 볼 수 있다. 2연과 3연은 생각만 하고 제대로 행동할 수 없는 절망적인 현실과 상실감을 그리고 있으며, 5연에서의 "종소리"는 멀리서 들려오는 희망적인 메시지이나 그것 역시 비껴가는 절망적인 현실을 암시한다. 그렇기 때문에 현실은 아무런 말도 할 수 없는 서러울 수밖에 없는 것이고, 침묵할 수밖에 없는 "봄의 가슴"인 것이다. 결국 마지막 연에서 떨어지는 꽃을 보고 탄식하는 시적 자아는 깊은 상실감에 빠지고 만다.

길

어제도 하룻밤
나그네 길에
까마귀 까악까악 울며 새었소.

오늘은
또 몇십 리
어디로 갈까.

산으로 올라갈까
들로 갈까
오라는 곳이 없어 나는 못 가오.

말 마소 나 집도
정주 곽산
차 가고 배 가는 곳이라오.

여보소 공중에
저 기러기
공중엔 길 있어서 잘 가는가?

여보소 공중에
저 기러기
열십자 복판에 내가 섰소.

갈래갈래 갈린 길
길이라도
내게 바이 갈 길은 하나 없소.

이 시의 화자는 희망을 상실하고 떠도는 나그네와 같은 유랑민이다. 그리고 이 유랑민은 일제강점기 현실을 살고 있는 당대의 우리 민족이다. 고향이 없는 것도 아니건만 떠돌이로 살 수밖에 없는 현실이 안타깝기만 하다. 갈 곳을 잃은 유랑민의 비애가 작품 전체에 고루 스며 있다. 4연에서 구체적인 공간을 말하고 있는 것으로 보아, 현실적인 공간으로서 고향을 잃은 것이 아니라 마음이 돌아갈 수 없는 공간으로서의 고향을 잃은 것이다.

이 시에서 시적 화자와 대조적으로 그려지는 것이 '기러기'이다. 열십자 복판에 서서 어디로 가야 할지 알 수 없는 시적 화자와 달리 기러기는 자기가 갈 길을 알아서 공중을 잘도 날아간다. 눈에 보이는 물리적인 길은 "갈래갈래 갈린 길"로 드러나지만 시적 화자가 갈 길은 어디에도 없다는 것에서 유랑민의 비극성과 상실감이 극대화된다.

이 시는 현실의 삶에서 위안을 얻지 못하고 떠돌아야 했던 시인의 삶을 반영한 것으로 볼 수 있을 뿐 아니라, 나라 잃은 우리 민족의 슬픈 삶을 그려냈다고도 볼 수 있다.

여우난곬족

명절날 나는 엄매 아배 따라 우리집 개는 나를 따라 진할머니 진할아버지 있는 큰집으로 가면

얼굴에 별자국이 솜솜 난 말수와 같이 눈도 껌벅거리는 하로에 베 한 필을 짠다는 벌 하나 건너 집엔 복숭아나무가 많은 신리(新里) 고무, 고무의 딸 이녀(李女), 작은 이녀(李女)

열여섯에 사십(四十)이 넘은 홀아비의 후처(後妻)가 된, 포족족하니 성이 잘 나는, 살빛이 매감탕 같은 입술과 젖꼭지는 더 까만, 예수쟁이 마을 가까이 사는 토산(土山) 고무, 고무의 딸 승녀(承女), 아들 승(承)동이

육십리(六十里)라고 해서 파랗게 뵈이는 산을 넘어 있다는 해변에서 과부가 된 코끝이 빨간 언제나 흰 옷이 정하든, 말끝에 설게 눈물을 짤 때가 많은 큰골 고무, 고무의 딸 홍녀(洪女), 아들 홍(洪)동이, 작은 홍(洪)동이

배나무접을 잘하는 주정을 하면 토방돌을 뽑는, 오리치를 잘 놓는, 먼섬에 반디젓 담그러 가기를 좋아하는 삼춘, 삼춘 엄매, 사춘 누이, 사춘 동생들이 그득히들 할머니 할아버지가 안간에들 모여서 방안에서는 새 옷의 내음새가 나고

또 인절미, 송구떡, 콩가루차떡의 내음새도 나고, 끼때의 두부와 콩나물과 뿍운 잔디와 고사리와 도야지비계는 모두 선득선득하니 찬 것들이다.

저녁술을 놓은 아이들은 오양간섶 밭마당에 달린 배나무 동산에서 쥐잡이를 하고, 숨굴막질을 하고, 꼬리잡이를 하고, 가마타고 시집가는 놀음, 말타고 장가가는 놀음을 하고, 이렇게 밤이 어둡도록 북적하니 논다.

(…하략…)

문학과 글

이 시는 1936년 시집 『사슴』에 수록되어 있는 산문시이다. 평안북도 지방 사투리가 사용되고 토속적인 소재들이 나열되면서, 공동체적 삶에서 우러나는 고향의 풍요로움을 주제로 하고 있다. 유년시절에 맞이한 명절날의 풍경이 서사적으로 형상화되어 그리움의 정서를 불러일으킨다. 더구나 토속적인 분위기와 어울려 서정적인 분위기를 그려내고 있다. 시각과 후각의 이미지를 통해 의미를 확장시키고, 반복과 열거에 의해 리듬감을 느끼게 하며, 순수하고 정겨운 고향의 정취를 담아내고 있다.

이 시에 나타나는 가족들을 보면 외모, 상황, 성격에 한 가지씩의 결점이 있는 것을 볼 수 있다. 얼굴에 별자국이 숨숨난 고모, 홀아비의 후처가 된 고모, 술을 마시면 주정을 하는 다혈질인 삼촌 등을 통해 드러난다. 그러나 그런 가족들이 모여서 살아가는 모습은 정겹고 아름답게 그려진다. 그 결점을 서로 이해하고 넘어서서 살아가는 모습은 문학이 꿈꾸는 이상과도 맞닿아 있는 것이다.

썩지 않는 슬픔

멍들거나
피흘리는 아픔은
이내 삭은 거름이 되어
단단한 삶의 옹이를 만들지만
슬픔은 결코 썩지 않는다
옛 고향집 뒤란
살구나무 밑에
썩지 않고 묻혀 있던
돌아가신 어머니의 흰 고무신처럼
그것은
어두운 마음 어느 구석에
초승달로 걸려
오래오래 흐린 빛을 뿌린다

■■▨

　이 시는 시인이 1992년에 간행한 시집의 제목으로 사용된 작품이다.
하나의 연으로 구성된 시로 슬픔의 속성에 대하여 이야기하고 있다. 슬
픔의 속성은 "고향집 뒤란"에 묻혀 썩지 않고 있는 "돌아가신 어머니의
흰 고무신" 같은 것이다. 멍이나 아픔은 삶의 단단한 옹이를 만들지만 슬
픔은 썩지 않는다는 것이다. "고향집"이나 "어머니"가 잊혀지지 않는 것
처럼 끊임없이 기억 속에서 재생되는 것이다. 이와 같은 슬픔은 누구에
게나 있다. 그렇기 때문에 이 시가 갖는 정서적 환기력은 뛰어나다. 이처
럼 시는 시어를 통해 기억을 재생시키기도 하고 정서를 환기시키기도 하
는 것이다.

어떤 安否
다시는 다시는 되찾을 수 없는 것을 잃어버린 사람에게-보들레르

이가림

전라도 정읍 산성리의
우리 외할머니네 집 굴뚝 밑에
묻어놓았던 옥색 구슬은 순수하게 빛나며 아직 있을까.
얄미운 개가 매장된 시체를 파헤치듯
우악스런 발톱으로
꺼내버렸으면 어떡허나.
그 굴뚝 근처에서
금순이들과 모여 저녁마다
꿩의 깃털을 등에 꽂고
나는 숨바꼭질을 하며 즐거웠다.
어릴 적, 그때 술래가 되어 숨은 뒤안의
귓속말 주고받는 내외같이
정정하게 서 있던 은행나무는
지금 木棺이라도 지을 만큼 지붕을 덮었겠지만,
무척이나 높아 보이던
한 쌍 까치의 둥우리는 남아 있을까.
손 안 닿는 정상의 가지 새에
오늘도 태연히 그냥 있을까.
바람개비처럼 四季의 바퀴는 돌아
삐걱삐걱 굴러서 가나
위안도 없고 물소리 하나 없는
소란스런 시장 속을 흘러가며
가끔 짤막한 탄식이 터져 나오는 것을 어찌하랴.
메마른 腦髓에 파인 생명의 샘처럼
생각 속에서만 간직되어 있는
내 소년의 童貞이여
시방 저 전라도 정읍 산성리의
우리 외할머니네 집

왕골과 갈대풀 냄새가 나는
그 굴뚝 밑으로 찾아가면,
겹눈이 기묘한 모밀 잠자리며
날카로운 밤새의 웃음소리 들리고
보릿대 타는 연기 속에
별과 精靈과 그 무슨 꿈의 벌레들이 보일까.

■ ■ ■

시를 분석하는 것의 목적은 감상하기 위해서가 아닐까. 그런데 우리는 감상보다 분석 그 자체에 더 의미를 두는 것 같다. 그러다보니 시가 더 난해하게 생각되고 시를 읽는 즐거움을 느끼기 힘들게 된다. 사실 시인이 시를 창작한 의도에 꼭 맞게 시를 분석하기가 어렵고, 계획이나 의도를 확인할 길도 없으며, 그 행위가 바람직하지도 않다는 것이 윔제트와 비어즐리의 주장이다. 또 문학비평에서도 에이브럼즈는 모든 비평은 작품과 작가 그리고 독자 사이의 상호관계에서 다루어져야 한다고 했다.

이가림 시인의 「어떤 안부」라는 시를 읽고 시를 감상해보자. 시의 구조와 언어적 특성, 운율을 살펴보고 표현방식이 어떻게 나타나는지를 통해 시를 감상해본다. 그리고 무엇보다 중요한 것은 시를 읽음으로 독자에게 어떤 정서를 환기시키고 느낌을 주는지 살펴보며 시 읽는 기쁨을 느껴보는 것이다.

다음은 필자가 위의 시를 읽고 느낀 감동을 체험화하여 감상문을 쓴 것이다. 시를 읽고 분석하는 것이 결국은 시를 잘 감상하기 위한 것이라고 할 때, 시를 분석하는 것에 익숙한 지금까지 문학을 공부하던 태도에서 벗어나, 각자의 체험과 관련하여 시를 감상하는 태도가 필요하다.

꿈을 키우던 외가에 대한 추억

최명숙

안부를 전할 수 없지만 그리워하는 곳이 있다는 것은, 안타까움과 함께 풍요로움을 갖게 한다. 이 시의 화자는 유년의 외가를 그리워하면서 무상한 삶에 대하여 생각하고 지난날을 회상한다. 부제에서도 말하듯이 "다시는 다시는 되찾을 수 없는 것을 잃어버린 사람에게" 들려주는 시이다. 잃어버렸다는 것은, 다시는 되찾을 수 없는 것을 잃어버렸다는 것은, 슬픔과 아쉬움의 정서를 느끼게 한다. 이 시의 전체적인 시구에서 묻어나는 것은 그 아쉬움과 그리움이다.

바쁘게 살다가 가만히 가던 길을 멈추고 생각해보노라면, 정작 잃지 말아야 할 것을 너무도 쉽게 잃어버리고 사는 '나'를 발견한다. 시적 화자는 잃어버린 것에 대한 그리움을 환기시키며 자연스럽게 독자들을 이끌고 들어간다. 유년시절의 외가라는 공간 속으로. 시의 공간적 배경으로 나타난 외가는 누구나 동경하는 곳이 아닐까.

나의 외가, 그곳에는 작달막한 키에 우리를 볼 때마다 눈물을 그렁거리던 외할머니가 계셨고, 어릴 적에 나는 방학의 대부분을 외가에서 보내곤 했다. 독립기념관이 있는 목천에서도 한 시간을 더 들어가야 하는 산골마을. 유난히 돌담이 많고 감나무가 많았던 곳. 마을 가운데 있던 두레박 샘물과 건너다 보이는 안산 아래에 있던 옻샘. 푸른 이끼가 덮인 바위와 그 둘레에 피어 있던 달개비와 여뀌 등의 들꽃. 아릿한 내음이 나던 잡초들과 바위 틈새에서 샘물이 솟아났다. 산과 들을 뛰어다니며 놀다 목이 마르면 샘 옆에 서 있던 감나무 잎사귀를 하나 따서 세모꼴로 접었다. 그리고 살그머니 옻샘의 물을 떠서 마셨다. 그 시원하고 달콤한 샘물 위에는 소금쟁이가 두어 마리 떠 있기도 했었는데, 그 기억은 내 유년의 아랫목에 자리하고 있다. 또 친구들과 멱감고 놀던 냇가의 덤불 속에서는 수줍은 듯 피어있던 연분홍의 메꽃이 지금도 가끔 내게 손짓하는 듯하다.

흙집에 돌담으로 둘러쳐진 울타리에는 아름드리 감나무가 세 그루나 있었고, 흙물을 바른 벽과 뜨락의 황톳빛은 아침 햇살에 반짝반짝 빛이 나곤 했다. 소나무를 켜서 만든 마루에서는 솔향이 은은하게 나고, 쪽문을 열면 맞바람이 쳐서 더운 여름에도 소름이 오르르 돋았었다. 마루 한쪽에 놓인 다듬잇돌과 방망이를 꺼내 외할머니와 이모는 다듬이 소리를 내며 풀 먹인 이불 호청을 고르고, 마루 한쪽에 엎드려 방학숙제를 하던 나는 고른 다듬이 소리와 은은한 솔향에 취해 잠이 들곤 했다. 지금도 내 기억의 창고에서 재생되는 다듬이 소리와 솔향.

밤이면 마당에 쑥대궁으로 놓은 모깃불의 매캐하고 향긋한 내음이 피어오르고, 마침 하늘에는 별들이 다투어 돋아나곤 했다. 그 마당 한가운데 펴놓은 짚 멍석에 누워, 미소가 예뻤던 이모가 들려주는 옛날이야기를 들었다. 그것은 별과 정령들의 이야기였으며, 전설과 신화 등의 이야기였다. 사부작 사부작 부쳐대는 외할머니의 죽선 바람에 나는 어느새 살풋 잠이 들곤 했다. 그러다 다시 눈을 뜨면 별들은 빼곡이 밤하늘에 들어 차 졸린 눈과 얼굴로 쏟아졌다. 어머니와 외할머니의 이야기는 자장가처럼 계속되었고, 가끔씩 유성이 꼬리를 길게 늘어뜨리며 떨어지고, 반딧불이가 휘익, 지나가곤 했다.

외가의 작은 골방에는 외조부와 외숙들이 읽던 고서와 잡지 그리고 문학전집류들이 들어차 있었다. 나는 때때로 그 방에 틀어박혀 책읽기에 몰두하곤 했는데, 그곳은 조금 음습하고 어둑했으며, 쥐 오줌 자국이 벽과 천장에 나 있었다. 가끔씩 벽지 안에서 흙이 오스스 떨어지는 소리가 났고 쥐 오줌 냄새가 누런 책장을 넘길 때마다 풀풀 나기도 했다. 그때 손에 잡히는 대로 읽었던 문학작품들은 나를 책읽기 좋아하는 아이로 만들었고, 그 후에 문학에 열정을 품게 한 것 같다.

내게 남아 있는 외가에 대한 추억은 그리움으로 가슴 한켠에 자리하고 있다. 30년 전에 그곳을 떠나 천안으로 나온 외숙 때문에 기억 속에만 있는 곳이다. 지난 봄 마침 외가가 있던 마을 근처를 지나게 되면서 마을로 발걸음을 옮겼다. 어떤 것에 의한 이끌림이었는지 나도 모르게 그렇게. 그런데 외가 마을에는 아무도 아는 사람이 없었다. 머리가 하얀 노인 한 분이 나와 계셨는데, 혹시나 싶어 외숙의 이름을 대보았지만 청력이 좋지 않은 듯 보인 노인은 고개를 살래살래 내저을 뿐이었다. 이 시의 부제처럼 나 또한 다시는 다시는 되찾을 수 없는 것을 잃어버린 사람이 되고 말았다. 누구에게 어떤 안부를 전하고 물어볼 것인가. 가슴이 싸해지면서 콧등이 시큰거렸다. 그래서 그리운 추억들을 다시 접어 가슴에 넣어두고 말았다.

산수유

임원재

눈보라
휘몰아쳐
나무들 비탈에 세우고
옷을 벗긴다

산수유
마지막 잎새까지 날려 보낸
빈 가슴 마디마디에
모질게 엉켜 붙은
빨간 세월의 잔해여!

가라
낡은 것은 가라

바람 속에
숨어 도는 생기로
호호 입김을 불어
가지마다 몽울몽울
꽃눈 지그시 감고
노랗게 피어나는 봄꿈을 꾼다

용문사 은행나무

고을 물 돌계단 위
용문사 마당 자락

혼자 크는 외나무
은행알 익어가면

미지산
법당 물소리
향을 실어 나르네.

온 누리 살펴왔던
한 계곡 은행나무

때를 알고 운다지
천 년 이을 가지 끝끝

나무도 철이 들려면
저만큼은 커야 한대.

이 시대의 낙타

허형만

　서둘러 바람이 일고 회오리바람 모래를 몰아세운 기둥으로 솟구쳐 오르고 그날로부터 낙타들이 하나둘 신기루처럼 흔들리는 불꽃을 피해 낙타들이 가로수 그늘 찾아 모여 앉기 시작하고 어떤 낙타들은 지하철역에서 신문지를 덮고 누워 있고 문득 가슴이 저려오는 종점까지 타고 갔다 되돌아와 다시 눕고 어떤 낙타들은 서울역 좁은 의자에 기대어 오아시스를 꿈꾸고 퍼뜩 꿈에서 깨어나면 실없는 희망일지라도 기적 소리에 가족을 태워 고향 산천으로 떠나보내고

　비 오는 날이었네 담장을 향해 일렬로 쭈그려 앉은 낙타들 방금 배급받은 급식으로 허기를 때우고 있었네 이때 낙타의 굽은 등이 곡선을 그리며 긴 능선을 이루고 있었네 그 능선 위로 쏟아지는 빗줄기여 계곡을 따라 흘러흘러 마침내 메마른 이 시대의 사막을 흥건히 적셔야하리 시든 풀도 일으키고 나무도 키우고 푸릇푸릇 새끼들의 눈망울에도 생기가 돌아야 하리.

수련

이석규

흙탕물 속에서
하이얀
순정이 피어 오르다

오직 겸손으로
맑아진 영혼이여

몸과 다리는
세파에 감겼으나
초롱한 눈매는
하늘을 담고

바람에 물결에
흔들려도
더욱 조용한 미소여

느티나무

. . .

느느느느느느느느느느

티티티티티티티티티티티티티티티티

나나나나나나나나나나나나나나나나나나나나나나나

무무무무무무무무무무무무무무무무무무무무무무무무무무무무무무

밑밑밑

에에에

서서서

人人人人人   人人人人人

그 림 공 부 중   그 림 공 부 중

6. 시 창작의 실제

시 쓰기를 쉽다고 하는 사람은 없다. 그렇다고 해서 소질이 없는 것은 아니다. 시적 감성을 표현하는 방법을 모르는 것뿐이다. 조지훈 시인이 "시인이 시를 쓰는 것은 즐거운 일이지만 시를 짓는 법을 설명한다는 것은 괴로운 일"이라고 했듯이, 시를 쓰기 위한 쉽고 올바른 방법이 무엇이라고 말하기란 어렵다. 어떤 글이라 할지라도 글쓰기에 왕도는 없다. 그렇다면 어떻게 효과적으로 자신의 감동이 된 느낌을 언어로 표현할 수 있을까.

시는 객관적 사물에 대한 인식을 내용과 형식에 있어 함축적이고 응축적인 기법으로 압축하여 표현한 언어예술이다. 시는 말로 하지 않고 보여주는 것으로, 시를 쓰는 행위는 현실의 문제나 현상을 이렇게 보고 있는 한 존재에 대한 드러냄이라고 할 수 있다. 시를 쓰는 행위를 유토피아를 찾아가는 과정이라고도 하는데, 그것은 시인이 꿈꾸는 세계는 이 세상 어디에도 없기 때문이다.

1) 시 창작 전에 해야 할 것

첫째, 시의 중심이자 정신이 되는 시상과 주제를 어떻게 얻을 수 있느냐는 것이다. 시인이 사물을 바라볼 때 일어나는 감정의 반응은 그 대상의 본질에 깊숙이 들어가 탐색하며 내면에 잠재된 새로운 의미를 발견해낼 때 얻을 수 있는 것이다. 즉 시상은 사물을 깊이 관찰할 때 얻을 수 있는 것이다.

둘째, 깊이 관찰한 대상이 시인 자신과 어떤 관계를 맺고 있는지 생각해보아야 한다. 그럼으로써 전혀 상관이 없을 것 같은 대상이 새로운 의미를 가진 대상으로 부각되는 것이다.

셋째, 좋은 시를 많이 읽어야 한다.

넷째, 어떤 사물을 바라볼 때에도 새로운 시선과 관심을 가지고 본다.

다섯째, 떠오르는 생각과 느낌을 메모하는 습관을 기른다.

2) 시 쓰기에 들어가면

첫째, 말하고자 하는 큰 이야기 덩어리를 대체할 수 있는 이미지를 찾아보는 것이 필요하다. 그 이미지를 통해 의미의 확장을 가져올 수 있는 것이라면 금상첨화이다.

[예문]
얼굴 하나야
손바닥 둘로
폭 가리지만

보고픈 마음
호수만 하니
눈 감을 밖에

— 정지용, 「호수」 전문

둘째, 사물을 보고 느낀 감정을 직설적으로 말하기보다 간접적, 비유적, 반어적, 역설적인 방법으로 표현해보는 것이 필요하다.

셋째, 대상을 새롭게 보고 소재를 찾는다. 시인은 상식적인 안목을 가지고 사물을 보면 시를 쓰기 어렵다. 기존의 상식과 고정관념의 틀을 과감하게 벗어날 수 있는 사고를 가져야 한다. 즉 개성 있는 관점으로 보아야 한다는 것이다. 상식과 고정관념의 틀을 넘어서서 사물이 가지고 있는 본질을 확실하게 파악하려고 하는 노력이 대상을 새롭게 볼 수 있다.

넷째, 실제로 작품을 많이 써본다. 시를 쓰는 행위는 모방에서 시작된다고 할 수 있다. 실제로 모든 창작은 모방으로부터 시작되기 때문이다. 처음에는 모방시를 써보는 것도 좋다. 시를 쓰는 방법을 익힐 수 있는 방법이 된다.

[예문]
이슬비 내리는 이른 아침에
우산 셋이 나란히 걸어갑니다

모방 – 바람이 소슬한 가을 들판에
　　　들국화가 외롭게 한들거린다

다섯째, 작품을 여러 번 다듬는다. 작품의 완성도는 퇴고의 과정에 따라 다르다고 할 수 있다. 한 예로 시인들은 시구에 조사 '의'를 써야 할지 '에'를 써야 할지 3년을 고민한다고 한다. 그만큼 시어 하나를 다듬는

데 고심한다는 의미일 것이다. 처음부터 잘 쓰는 사람은 드물다. 끊임없이 고치고 또 고치는 과정에서 작품이 완성되는 것이다. 탈고를 하고 나서도 기회만 되면 다듬는 사람이 좋은 작품을 만들 수 있다. 퇴고를 마친 완성작과 미완성작을 비교해 보면 작품이 얼마나 세련되게 되었는지 알 수 있다. 갈고 다듬은 완성작을 통해 압축과 생략 그리고 여운의 묘미를 느낄 수 있을 것이다.

■■■ 연구 문제

1. 시란 무엇인가 생각해보고 학습한 것들과 관련지어 개념을 정리해보자.

2. 수록된 시를 읽고 분석과 더불어 감상하고 그것을 글로 써보자.

3. 자유로운 주제로 자작시를 써보자.

제4장

소설의 이해

1. 소설이란 무엇인가

    소설은 가상의 세계이다. 즉 허구인 것이다. 그 허구의 세계는 인간이 사는 현실생활에서 선택된 제재에 의해 이루어진 세계이기 때문에, 현실을 굴절시켜 반영하는 진실된 거짓인 것이다. 이것은 소설을 올바로 이해하고 감상하는 데 절대적 지침이 된다. 거짓말로 꾸며낸 이야기라는 것에는, 독자를 속이기 위해 의도적으로 만들어낸 것으로 작가의 치밀한 전략이 숨어 있다는 것이다. 작가의 음험한 의도가 숨어 있는 이야기, 그것이 소설인 것이다. 그렇다면 왜 소설가는 그런 음험한 의도를 숨겨놓고 이야기를 만들어내는 것일까. 그것은 그 이야기 속에 삶의 진실을 담고 그 진실을 통해 인생의 다양한 면들을 보여주려는 계획이 있기 때문이다. 즉 삶의 진실을 드러내기 위한 방법인 것이다.

    소설은 사람들이 살아가는 삶의 이야기이다. 그런데 왜 거짓말로 꾸며내는 것인가? 그것은 '문제적인 어떤 사람'을 독자에게 보여주고 싶은 의도에서이다. 그렇기 때문에 소설은 사람과 사람의 사람에 대한 깊은 탐구가 있어야 하는 것이다. 소설은 인간이 체험한 것을 바탕으로 하여 창작된 상상의 산물이다. 힘든 세월을 살아온 노인이나 어른들은 자신들의 삶을 소설로 쓰면 책 몇 권은 될 거라는 말을 흔히 한다. 그러나 엄밀하게 말한다면 자서전이나 수기 내지 회고록은 될 수 있겠지만 소설은 될 수 없다. 소설은 그러한 경험을 바탕으로는 하되 작가의 상상력에 의해 새롭게 창조된 상상의 산물인 것이다. 사람이 살아온 삶의 현실을 모사하는 것이 아니라 현실을 반영하는 거울이며 현실에 바탕을 둔 현실의 변용으로 현실에서 유추된 새로운 세계인 것이다. 이렇듯 소설은 사람과 그 사람의 삶에 대한 진지한 탐구에서 얻어낸 것으로 체험과 상상이 빚어낸 언어예술이다. 소설은 언어를 매개로 탄생된 예술이다.

1) 소설의 특성

실제로 있었던 이야기가 아니고 소설가가 상상으로 만들어낸 이야기인 소설에는 몇 가지 중요한 특성이 있다. 허구성과 진실성, 산문성과 서사성, 예술성과 모방성이다.

(1) 허구성과 진실성

소설은 실제 생활과 경험 속에서 소재를 얻지만 작가의 상상력에 의하여 새롭게 꾸며진 픽션으로 가공의 역사이다. 자연과 인생 등 현실의 삶을 반영하여 꾸며 쓴 이야기인 것이다. 여기서 픽션이라는 말은 단순히 거짓말로만 쓰인 이야기를 일컫는 것이 아니라, 작가의 주관과 상상력에 의해 새롭게 창조된 세계라는 것이다. 즉 작가의 상상력에 의해 가공된 역사라고 하나 그것을 통해 인생의 참 모습을 보여주고 진실을 추구하며, 삶의 의미를 깨닫고 인식하게 해주는 것이다.

(2) 산문성과 서사성

회화성과 음악성을 주된 표현방식으로 하는 글이 운문이라면, 소설은 서술과 대화 그리고 묘사에 의하여 기술되는 대표적인 산문문학이다. 줄글의 형태로 이루어졌으며, 말하고자 하는 것의 목적을 지향하여 단어와 구문을 선택하고, 그것의 배열에 논리성을 갖는다. 소설에서의 논리성은 소설을 구성하게 하는 서사성과 연계되어 소설의 개연성을 갖게 한다. 즉 소설은 인물, 사건, 배경을 갖추고 진행될 때, 일정한 시간의 흐름에 따라 펼쳐지는 이야기 형식을 지닌 서사문학이라는 것이다.

(3) 예술성과 모방성

소설은 언어를 매개로 작가의 상상에 의해 쓰인 이야기이다. 그 이야기는 형상화된 산물이므로 창조적 표현에 의해 것이다. 그런 점에서 예술성을 갖는다고 할 수 있다. 그리고 소설은 현실을 있는 그대로 모사하는 것이 아니라 현실의 모습을 변형시켜 그 안에서 삶의 진실을 드러내는 유추된 세계이다. 따라서 소설은 총체적으로 인간을 탐구하고 그 삶을 구체적으로 표현하는 문학이다.

2. 소설의 요소와 플롯

1) 소설의 3요소

(1) 주제

소설의 중심내용으로 작가가 그 작품을 통해 나타내고자 하는 중심사상이다. 소설에서의 주제는 서사적 구조물 속에 용해된 작가의 주된 의도로, 이야기를 구성하는 여러 요소들을 결합시키는 중심 원리이다. 이 주제가 제대로 기능하는 이야기는 주제가 잘 드러나지 않는다. 소설의 주제는 무괄식의 문장 전개방식처럼 이야기 속에 숨어 있기 마련이다. 한용환의 『소설학 사전』에는 주제를 나무 줄기에 비유하여 설명하고 있다.

(2) 문체

작가의 독특한 개성에 따라서 이루어지는 문장의 양식을 말한다. 글씨를 쓰는 도구를 뜻하는 라틴어 stilus에서 유래한 말로, 그 작가만이 쓸 수 있는 완성된 품격으로서의 개성적 특성을 의미한다. 프랑스의 문체론자 뷔퐁은 "문체는 그 사람이다"라고 했다. 글은 곧 그 사람의 개성과 인격을 드러내는 표현이라는 말이다. M. 쇼러가 『발견으로서의 기교』에서 "스타일은 곧 주제다"라고 했듯이 소설에서는 문체를 통해 주제를 드러내기도 한다. 문체를 이해하는 것은 작품의 성격을 이해하는 데 중요한 의미가 있다. 문체의 유형에는 간결체, 만연체, 건조체, 화려체, 강건체, 우유체 등이 있다.

간결체는 언어가 서로 긴밀히 연결되어 간결하게 표현되는 글이다. 긴축미와 선명한 인상을 주는 효과가 있으며 문장의 길이가 비교적 짧은 특징이 있다. 만연체는 표현하고자 하는 내용을 자세하게 많은 어휘를 사용하여 표현하는 글이다. 내용을 자세하고 구체적으로 전달할 수 있지만 긴장미나 박진감이 덜할 수 있고, 중언부언할 수도 있는 글의 표현방법이다. 건조체는 수식어를 비교적 쓰지 않고 간단명료하게 표현하는 글이다. 내용 전달 중심의 지적인 글로, 글의 내용을 파악하기는 용이하나, 무미건조하고 딱딱한 느낌이 든다. 화려체는 미사여구(美辭麗句)를 동원하여 글을 아름답게 꾸미는 글이다. 비유나 수식어가 많고, 회화적인 느낌이 드는 글이다. 아름다운 정감을 드러내기에 용이하지만 지나치면 진정성이 없는 글로 보일 수 있다. 강건체는 강한 남성미를 느낄 수 있는 글로, 연설문이나 논설문에 많이 나타나는 문체이다. 우유체는 부드럽고 우아하며 섬세한 느낌을 주는 글로서, 여성스러운 느낌이 드는 글이다. 읽은 이로 하여금 여유로움과 친밀감을 갖게 한다.

(3) 구성

소설의 구성은 등장인물이 시간적 공간적 배경 속에서 어떤 사건을 일으키는가 하는 이야기의 짜임을 말하는 것으로 즉 플롯이다. 이 플롯에는 필연성이 있어야 한다. 원인과 결과로 보아 꼭 그러한 사건이 일어나도록 이야기가 짜여야 하는 것이다. 그러한 구성의 3요소는 인물, 사건, 배경이다.

소설 속에 등장하는 인물은 살아 움직여야 하고, 무엇보다 뚜렷한 개성을 지닌 인물이어야 한다. 그러므로 소설 속의 인물을 캐릭터라고도 한다. 인물 묘사방법은 직접제시와 간접제시가 있다. 이를 말하기와 보여주기라고 한다. 사건은 인물들이 행동을 통해 보여주는 사건으로, 이 사건은 인과관계에 의해 필연적으로 일어난다. 배경은 사건이 일어나는 시간인 시대적 또는 시간적 배경과 장소인 공간적 배경으로 나뉜다.

2) 플롯

(1) 플롯

플롯은 소설의 구조, 구성 또는 짜임새라고 한다. 구성의 중요성을 먼저 이야기한 사람은 아리스토텔레스이다. 구성은 좁은 의미로는 스토리의 전개인 사건과 행동의 구조, 넓은 의미로는 소설의 모든 설계이다. 그렇다면 스토리와 플롯은 어떻게 다른가. 스토리는 사건을 시간적 순서대로 배열한 것이다. 예를 들어 '왕이 죽고 왕비가 죽었다.'라는 것은 스토리이다.

플롯은 사건의 서술이라는 면에서는 스토리와 같지만 그 서술이 인과 관계에 중점을 둔다는 것이 다르다. 예를 들어 '왕이 죽자 왕의 죽음을 슬퍼하다가 왕비도 죽었다.'라고 할 때, 왕비가 죽은 까닭이 슬픔 때문이라는 것을 알게 되는 것이다. 이처럼 스토리가 플롯에 의해 인과관계를 갖게 되고 그것의 짜임에 의해 예술적 아름다움을 획득하게 되는 것이다. 스토리만 있는 소설은 대개 중세의 로맨스와 전기소설 등이다.

(2) 플롯의 기본단계

플롯의 기본단계는 발단, 전개, 위기, 절정, 결말 5단계로 나눈다. 발단은 소설의 서두이며 문제가 제기된다. 그리고 등장인물의 기본적인 성격이 제시되고 배경이 설정된다. 작품의 대략적인 윤곽이 드러나는 부분이다. 전개는 소설의 이야기가 펼쳐지는 부분으로 발단에서 제시된 문제를 통해 인물들이 갈등과 긴장을 일으키고 성격이 변화된다. 갈등은 외적 갈등과 내적 갈등으로 나누어진다. 위기는 사건의 절정을 가져오는 반전의 계기가 된다. 절정은 등장인물의 행동과 갈등이 최고조에 이르며 소설 전체의 의미가 암시된다. 결말은 소설의 말미로 사건의 전모가 드러나고 주인공의 운명이 분명해지는데 절정과 일치되는 경우가 많다.

(3) 플롯의 유형

플롯의 유형은 단순구성과 복합구성, 액자형 구성, 피카레스크식 구성이 있다. 단순구성은 사건의 진행이 단순한 구성방식으로, 한 가지 사건의 진행만으로 구성된 것이다. 순행적 구성인 경우가 많으며 단편소설에 적합한 구성이다. 복합구성은 하나의 소설 안에 둘 이상의 플롯이 들어 진행되는 구성으로, 장편소설에 주로 사용된다. 액자형 구성은 하나의 플롯 안에 또 하나의 플롯이 들어 있는 구성으로 외부 이야기와 내부 이야기로 되어 있다. 외부와 내부 이야기는 서로 긴밀한 관계를 갖고 있다. 피카레스크식 구성은 플롯이 여러 개로 병렬되어 구성된 유형이며, 한 작품 속에 여러 개의 이야기가 이어져간다.

3. 인물과 성격창조

1) 인물

소설을 인물형의 창조 작업이라고 하는 것은, 소설에서 인물이 얼마나 중요한지 알 수 있는 것이다. 소설의 특징이 인간에 대한 진지한 탐구라고 볼 때 인물의 설정은 소설의 구성요소 가운데 매우 중요하다고 할 수 있다. 작중인물은 한 편의 소설에서 사건을 이끌어가는 중심인물인 주인공과 그 주변 인물인 부인물로 나눌 수 있는데, 중심인물은 개성이 뚜렷할 때 강한 인상을 받게 된다.

고대소설의 등장인물은 사건을 연결해나가는 매개적인 존재였고 사건 즉 이야기가 더 중요했다. 근대에는 인본주의 사상이 확대되면서 작가는 재밌고 흥미진진한 사건보다 인간 그 자체의 탐구와 창조를 더 중요하게 생각하게 되었다. 주요섭의 「사랑손님과 어머니」, 이상의 「날개」에 등장하는 인물들은 사건보다 등장인물의 극적인 성격 창조나 퇴폐적인 인간 실체의 성격이 제시되고 있다.

소설 속에 등장하는 인물은 현실에서도 발견되는 인물이다. 다른 점은 현실에서의 인물은 마음대로 활동할 수 있으나 소설 속의 인물은 제한된 환경 속에서만 활동이 가능하다. 만약 소설 속의 인물이 다른 직업을 갖게 될 경우에는 사건의 전개와 부합되는 필연성에 의해 가능하다. 그렇지 않다면 독자가 개연성이 부족하다고 느낄 수 있고 작품에 대한 신뢰도가 낮아질 수 있다.

작중인물은 작가의 상상력과 창의력에 의해 창조되었으나 독자에게는 실제의 인물과 같은 환상을 준다. 작중인물은 작가가 효과적인 소설의 형상화를 위해 작위적으로 만들었기 때문에, 현실에서 만날 수 있는 실제 인물과 동일해서는 안 되고 동일할 수도 없다. 현실 속의 인물을 모델로 하더라도 실제의 그 인물이 아닌 작가가 새롭게 창조해낸 인물이다.

(1) 인물의 유형

① **평면적 인물** : 한 작품이 시작해서 결말에 이르기까지 인물의 성격이 변하지 않는 인물형이다.

> 예) 흥부, 심청, 춘향, 김유정 「소낙비」의 춘호, 「금 따는 콩밭」의 영식, 전영택 「화수분」의 화수분, 나도향 「물레방아」의 방원처 등

② **입체적 인물** : 소설에서 사건의 진행에 따라 인물의 성격이 변화하는 유형으로 발전적인 인물이다. 포스터는 독자에게 놀라움을 주는 인물이라고 했다.

> 예) 김동인 「감자」의 복녀, 플로베르 「보바리 부인」의 엠마 등

③ **전형적 인물** : 어떤 사회의 한 시대 한 계층을 대표하는 보편적인 인물이다. 대학생의 전형, 교수의 전형, 군인의 전형 등 대체적으로 당대 사회의 어떤 인간들을 연상하게 하는 대표적인 인물이다.

> 예) 염상섭의 『삼대』
> > 조의관 : 봉건적 대지주, 구한말의 지주계급 대표
> > 조상훈 : 과도기적 지식인
> > 조덕기 : 조부와 아버지의 갈등을 겪는 우유부단한 인물

④ **개성적 인물** : 어떤 집단의 공통적으로 소유하고 있는 가치보다 자기만의 독특한 특질을 가진 인물을 말한다. 이 개성적인 인물은 전형적인 인물이 되기도 한다.

> 예) 햄릿

2) 성격 창조

인물 창조는 서술과 묘사와 대화 그리고 에펠레이션으로 이루어진다. 서술은 인물이 어떠하다는 것을 기술해주는 방식으로 성격 창조의 가장 초보적인 수법이다. 묘사는 눈에 보이듯이 언어로 그려서 보여주는 방식으로 소설에서 큰 비중을 차지하는 수법이다. 대화는 성격 창조에서 가장 특수한 방법으로 작중인물의 성격을 직접적으로 드러내는 매개물이다. 교육수준이나 직업, 신분 등이 여실이 드러난다. 에펠레이션은 작중인물에게 이름을 붙여주는 것을 말한다. 이름을 통해 인물의 성격을 드러내는 특수한 방법이다. 송병수의 「쑈리 킴」에 나오는 인물의 이름은 쑈리 킴, 따링, 딱부리 등인데, 이러한 인물의 명명을 통해 주제가 드러나는 것을 알 수 있다.

4. 시점과 거리

1) 소설의 시점, 거리

(1) 소설의 시점

소설에서 시점은 이야기를 하는 사람이 누구냐는 문제로, 어느 각도에서 소설을 쓰는지 밝혀주는 것이 된다. 이것은 소설 속에 등장하는 인물과 작가가 어떤 관계에 놓여 있으며 얼마만큼의 거리를 두고 있는지에 대한 해답이 된다. 시점은 곧 서술의 초점으로 이야기를 알고 있는 사람이 서술자가 된다. 알고 있기 때문에 말하는 것이기 때문이다. 화자가 누구냐의 문제는 주제와도 깊은 관련이 있다. 그것은 같은 사건이라 할지라도 이야기하는 사람이 누구인가에 따라 그 성격이 달라지기 때문이다. 주택가에 위치한 자동차 정비소에 화재가 발생했다고 하자. 그것을 목격한 사람들은 자신의 직업이나 나이 그리고 관심의 정도에 따라 각각 다르게 이야기할 것이다. 당국의 화재 대책, 소방기기의 미비함, 정비소 직원의 소홀한 관리 등 다양한 문제를 드러낼 것이다.

브룩스와 워렌은 『소설의 이해』에서 서술의 시점을 아래와 같이 나누어서 분석하고 있다.

① 1인칭 주인공 시점

작가가 독자에게 자신의 이야기를 들려주듯이 소설이 서술된다. 작품 속에서 주인공이 자신의 이야기를 하는 서술로, 인물과 초점이 일치한다. 대체적으로 경험담이나 주인공의 이야기를 하는 방식이다. 이 시점은 독자에게 친근감을 주고 주인공의 내면세계가 잘 드러나 독자와의 거리가 밀착된다. 그러나 이야기의 폭을 넓힐 수 없는 한계점이 있다. 소설에 등장하는 주인공 '나'는 가공의 인물이지만 독자는 작가 자신의 이야기로 생각하며 환상을 지니게 된다. 1인칭 주인공 시점으로 쓰인 소설은 이상의 「날개」, 최서해의 「탈출기」 등이 있다.

[예문]

해가 들지 않는다. 해가 드는 것을 그들이 모른 체하는 까닭이다. 턱살밑에다 철줄을 매고 얼룩진 이부자리를 널어 말린다는 핑계로 미닫이에 해가 드는 것을 막아버린다. 침침한 방안에서 낮잠들을 잔다. 그들은 밤에는 잠을 자지 않나? 알 수 없다. 나는 밤이나 낮이나 잠만 자느라고 그런 것은 알 길이 없다. 33번지 18가구의 낮은 참 조용하다.

– 이상, 「날개」 중에서

② 1인칭 관찰자 시점

소설의 부인물이 등장인물의 이야기를 들려주는 방식이다. 성격 창조의 초점은 주인공에게 주어지고 서술자인 부인물은 주인공을 둘러싸고 일어나는 사건을 전달해준다. 여기서의 화자는 관찰자일 따름이다. 주요섭의 「사랑손님과 어머니」를 예로 들어보자.

[예문]

　예배당에 가서 찬미하고 기도하다가 기도하는 중간에 갑자기 나는 '혹시 아저씨두 예배당에 오지 않았나?'하는 생각이 나서 눈을 뜨고 고개를 들어 남자석을 바라다보았습니다. 그랬더니 하, 바로 거기에 아저씨가 와 앉아 있겠지요. 그런데 아저씨는 어른이면서도 눈 감고 기도하지 않고 우리 아이들처럼 눈을 번히 뜨고 여기저기 두리번두리번 바라봅니다. 나는 얼른 아저씨를 알아보았는데 아저씨는 나를 못 알아보았는지 내가 방그레 웃어보여도 웃지도 않고 멀거니 보고만 있겠지요. 그래 나는 손을 흔들었지요. 그러니까 아저씨가 얼른 고개를 숙이고 말더군요. 그때야 어머니가 내가 팔 흔드는 것을 깨닫고 두 손으로 나를 붙들고 끌어당기더군요.

– 주요섭, 「사랑손님과 어머니」 중에서

③ 3인칭 관찰자 시점

　작가가 주인공과 등장인물을 관찰하여 이야기해주는 방식으로, 주관적인 생각이 전혀 없이 객관적 묘사를 통해서만 전달해준다. 직접적인 심리 묘사나 감정의 표현 등을 할 수 없고 겉으로 드러나는 모습을 묘사할 수 있다.

[예문]

　소녀는 소년이 개울둑에 앉아 있는 걸 아는지 모르는지 그냥 날쌔게 물만 움켜낸다. 그러나 번번이 허탕이다. 그래도 재미있는 양, 자꾸 물을 움킨다. 어제마냥 개울을 건너는 사람이 있어야 자리를 비킬 모양이다.

　그러다가 소녀가 물속에서 무엇을 하나 집어낸다. 하이얀 조약돌이었다. 그리고는 홀쩍 일어나 팔짝팔짝 징검다리를 뛰어 건너간다.

– 황순원, 「소나기」 중에서

④ 전지적 작가 시점

서술자인 작가가 전지전능한 신과 같은 존재처럼, 작중인물의 행위나 심리, 감정이나 욕망 등 모든 것을 알고 자유롭게 서술하는 수법이다. 이 시점은 작가가 말하고 싶은 인생관이나 철학 그리고 생활태도까지 의도하는 바를 작품 속에 투영시키고 마음껏 생각을 표출할 수 있는 방식이다. 등장인물의 속마음이나 계획까지 전능한 신처럼 모두 알고 서술하는 이 시점은 장편소설에 많이 사용한다.

[예문]

수술을 끝낸 찰나 스쳐가는 육감, 그것은 성공 여부의 적중률을 암시하는 계시 같은 것이다. 그러나 오늘은 웬일인지 뒷맛이 꺼림칙하다.

그는 항생질 의약품이 그다지 발달되지 않았던 일제 시대부터 개복 수술에 최단 시간의 기록을 세웠던 것을 회상해 본다.

– 전광용, 「꺼삐딴 리」 중에서

(2) 거리

소설에서의 거리는 시점과 밀접한 관계에 있다. 작중인물에 대한 작가의 거리는 독자에게 영향을 주는데, 그것은 시점과의 관계 속에서 발생하기 때문이다. 독자는 서술자와 같이 작품 속의 인물들이나 사건을 보게 된다. 그러므로 작중인물과 독자 사이에 동일시가 나타나는데, 이것은 작가와 독자 사이에 형성되는 신뢰감이다.

5. 배경

브룩스와 워렌은 『소설의 이해』에서 배경은 인물과 행동의 신빙성을 높이고, 인물의 심리적 동향과 이야기의 의미를 암시한다고 했다. 그리고 분위기의 조성에 결정적으로 기여한다고 말한다. 배경은 소설과 관계된 모든 물질적 환경으로, 소설의 배경은 작가의 의도에 의해 설정되는 것으로, 작중인물의 행위나 사건이 일어나는 시간적 배경, 공간적 장소를 말한다. 시간적이고 공간적인 것 뿐 아니라 사회적 분위기나 사상적 배경 그리고 자연적 배경 즉 소설 속에 나오는 모든 환경적인 것이 소설의 배경이라고 할 수 있다. 때로는 소설의 내용을 기억하지 못해도 분위기나 환경을 떠올릴 수 있다. 소설의 배경을 인물이 행동하는 시간과 장소라는 의미로만 본다면 소설에서 표현하고자 하는 구체적인 의미를 놓칠 수 있다. 그러므로 소설에서 배경은 인물이나 플롯 못지않게 중요하다.

구체적인 예를 들어 설명하기로 하자. 이효석의 소설 「메밀꽃 필 무렵」에서는 달빛과 하얀 메밀꽃이 펼쳐진 들판의 풍경이 낭만적으로 그려진다. 그리고 그 낭만적인 배경과 분위기는 허생원의 아름다운 첫사랑의 추억과 조화를 이루며 표현된다. 실제 허생의 삶은 길 위에서 장돌뱅이로 평생을 보내는 고단한 삶이다. 그런데도 작품 속에서는 자연의 아름다운 풍경을 배경으로 하여 주체와 객체가 일체되는 모습으로 그림으로써 울림을 준다. 이렇듯 자연의 아름다운 배경처럼 순수하고 질박한 허생원의 삶을 통해 인간 본연의 모습을 보여준다고 할 수 있다. 그러므로 소설에서 배경은 주제의 의미를 구체적으로 드러내는 중요한 역할을 하는 것이다.

손창섭의 단편 「비 오는 날」에서는 '비 오는 날'이라는 배경이 6·25전쟁 당시에 월남한 동욱과 동옥 남매의 우울하고 암울한 현실의 삶을 보여준다고 할 수 있다. 신체적인 불구로 활동이 부자유한 동옥, 동옥이 초상화를 그려 생활을 유지하는 것에 떳떳할 수 없는 그의 오빠 동욱, 두 남매의 삶 역시 '비 오는 날'처럼 불편하고 부정적일 수밖에 없다. 또한 그 모든 것의 원인은 전쟁에 기인하고 있다. 이처럼 배경을 통해 현실 인식이나 관심을 보여주고 있으며, 그것을 구체화하는 방법으로 사용하고 있다.

공간적 배경이 상징적인 의미를 갖고 있는 경우도 있다. 선우휘의 소설 「불꽃」의 주인공 '현'이 공산주의자인 연호를 치고 피해서 숨은 곳이 '동굴'이다. 이 동굴은 현의 아버지가 죽은 곳인데, 현은 이 동굴에서 삶에 대한 강렬한 의지를 다지고 새로운 인물로 변하게 된다. 즉 재생의 의지를 다지는 상징적 공간으로 표현되고 있는 것이다. 이처럼 소설에서의 배경은 상징적 의미를 가지면서 주제를 드러내는 요소로 작용하고 있다.

6. 소설의 유형

소설은 그 형식과 내용이 다양하여 몇 개의 유형으로 분류하기가 어렵기 때문에, 소설을 보는 각도나 표준에 따라 여러 가지 분류방법이 있을 수 있다. 먼저 양적 분류에 따라 단편, 중편, 장편으로 나눌 수 있고 그 외에 다양한 방법으로 나눌 수 있다.

1) 단편소설

단편소설은 근대에 나타난 소설의 양식으로, 소설의 에센스, 가장 근본적인 것이라고 한다. 단편소설의 역사는 짧은데, 근대문학에서 가장 후기에 나타난 형식이라고 볼 수 있다. 현대의 복잡하고 다양한 생활양식 그리고 개성적인 인간의 감정을 그려내는 데 상응하는 양식이다.

단편소설의 형식은 짧고 구성은 치밀하며 통일성을 갖고 있다. 여기서 짧다는 것은 장편에 비해 짧다는 것을 의미한다. 양적으로는 원고지 60매에서 120매 정도이다. E. A. 포에 의하면, 단편소설은 30분에서 2시간

정도의 시간이 소요되어 단숨에 읽히는 것으로, 유일하거나 단일한 효과에 제한되고, 모든 세부들이 그 효과에 종속되어야 한다고 했다.

내용은 인생의 단면 즉 한 측면을 제시하여 그린다. 장편이 인간의 모습이나 삶의 전반적인 것을 총체적으로 그린다면, 단편소설은 본질상 인생의 한 부분인 단면을 통해 인생의 전체를 암시하고 파악하게 한다. 그러므로 단편이 제재로 삼는 것은 상징이 될 수 있는 부분인 것이다. 단편소설은 상징적인 한 단면을 짧은 형식 속에 이야기를 담기 때문에 압축되고 기교적인 구성이 되어야 한다. 브랜더 매듀우스는 단편소설의 요건을 긴축, 독창, 교묘라고 했다. 진부하고 상투적일 수 있는 단편소설을 개성적이고 활력 있게 만드는 것은 작가가 가지고 있는 독창성과 기교에 기인하는 것이다.

2) 중편소설

중편소설은 짧은 장편이라고 할 수 있는 것으로 원고지 500매 정도이다. 단일한 하나의 주제 외에 밀접하게 관련된 소주제가 들어 있다. 중편소설의 작중인물은 입체적으로 설정하는 게 보통이다. 그리고 단순한 플롯보다는 확대되는 플롯으로 구성된다. 내용과 형식적인 면에서 단편보다 장편에 가깝다. 인생의 총체적인 면으로 접근하여 입체적으로 그리는 장편의 정신을 가지면서도 단편이 가지고 있는 순수한 예술성의 구현에 목표를 가지고 접근하는 것이 중편이기 때문에 소설의 유형으로 중요시되고 있다. 우리나라에서는 최근 1960년대 이후에 이르러 중요한 소설장르로 등장하였다. 윤흥길의 「장마」, 이문열의 「우리들의 일그러진 영웅」, 전상국의 「아베의 가족」 등이 있다.

3) 장편소설

장편소설은 소설의 대표적인 형식으로 인생 및 인간을 총체적으로 다룬다. 작품의 형식보다 내용적인 면에서 성과를 찾는다. 구성이 복합적이고 확대되어 그려진다. 서양에서는 소설이라고 하면 대부분 장편소설을 일컬을 정도로 오랜 전통을 가지고 있는 소설 유형이다. 장편소설은 등장인물의 성격이 입체적이며, 인생의 한 면을 과장하지 않고 전체적으로 고찰한다. 원고지 800매에서 1200매 정도에 달하는 것이 보통 한 편의 양이다. 시점이 고정되지 않고 다양하게 나타날 수 있다. 하나의 주제 아래 여러 개의 소주제들이 서로 긴밀한 관계를 가지면서 전개되는 것이 보통이다. 염상섭의 「삼대」, 박완서의 「나목」, 이광수의 「무정」 등이다.

4) 풍자소설

풍자소설은 과장, 기지, 아이러니 등을 사용하여 인간과 제도의 부조리를 들추어낸다. 비판은 풍자의 기본적인 태도이며 풍자의 속성은 공격성을 갖는다. 비판하고 풍자하는 이유는 현재의 사회나 시대, 제도, 인간의 부조리, 부패와 죄악, 모순을 드러내고 고발하여 건전한 사회나 인간이 되도록 하려는 것이다. 사회가 부조리할 때 풍자문학은 왕성해진다.

풍자가 되려면 인간이나 인간의 우매한 행동에 대하여 공격하고 비난해야 한다. 그 방법은 야유나 경멸인데, 과장이나 고의적인 비하 그리고 희화화하는 등의 것으로, 웃음을 유발한다는 것이 익살과 유사하나 익살이 아닌 웃음이라는 면에서는 다르다. 풍자소설로는 박지원의 「양반전」, 「호질」, 채만식의 「치숙」, 「논 이야기」 등이 있다.

5) 서정소설

서정소설은 현실세계와 소설세계에 필연적으로 생길 수밖에 없는 실제와 허구 사이의 괴리를, 서정시가 가진 주관성과 시 정신을 산문 속에 도입하여 극복하고자 하는 서사양식이다. 서정소설은 고정된 양식을 추구하지 않기 때문에 개념과 범위가 모호하고 다양하다.

주요한 특질은 서사적 요소와 음악적, 회화적 이미지를 서정적 요소와 결합시킨다. 서정소설은 내적인 변화나 분위기 그리고 인물의 감정에 중심을 둔다. 그리고 정서를 좌우하는 다양한 구조적 정형을 사용하며, 결말은 열린 구조로 되어 있고, 시의 언어로 표현된다. 작품으로는 체홉의 「개를 데리고 다니는 여인」 등을 예로 들 수 있다.

6) 이니시에이션 소설

이니시에이션이라는 말은 브룩스와 워렌이 『소설의 이해』에서 헤밍웨이의 단편 「살인자들」과 「나는 그 이유를 알고 싶다」를 분석하는 과정에서 처음 사용하였다. 이렇듯 이니시에이션이라는 말을 그들이 사용하면서 소설 주제에 따른 유형 분류로 자주 쓰이게 되었다. 이 소설의 주인공은 시련고 고통을 겪고 고난을 통과함으로써 성숙하게 되는데, 이때 자아가 발전하고 확장되면서 자기해체적인 경험을 한다. 이것은 필연적으로 겪을 수밖에 없는 것이다.

이니시에이션 소설은 자아와 세계에 대하여 알지 못하거나 미성숙한 주인공이 경험과 시련을 통해 육체적·정신적으로 성숙한 인간으로 변화하여 어른의 세계로 편입되는 과정 즉 입사담을 그린 소설이다. 자전적 소설과 유사하거나 공통된 부분이 많으나 성인이 되기 전까지의 갈등과 고민을 다룬다는 점에서 변별된다. 한용환에 의하면, 이니시에이션 소설의 유형에는 잠정적, 미완적, 결정적 이니시에이션으로 나눌 수 있다. 김원일의 「어둠의 혼」, 윤흥길의 「양」, 오정희의 「중국인 거리」, 헤세의 「데미안」, 헤밍웨이의 「살인자들」 등이 있다.

7) 액자소설

소설 구성이 두드러진 방식의 하나로 이야기 속에 하나나 여러 개의 짧은 내부 이야기를 담고 있다. 외부 이야기와 내부 이야기에 각각 다른 서술자의 시점을 배치한다. 그럼으로써 다각적인 이야기를 효과적으로 서술할 수 있는 이점이 있다. 김동인의 「배따라기」에는 하나의 이야기 속에 하나의 이야기가 들어있는 구조인데, 신경숙의 「감자 먹는 사람들」은 하나의 이야기 속에 여러 개의 내부 이야기를 담고 있다.

액자소설의 구조는 소설과 에피소드를 연결하는 교량적 양식이기도 하다. 여기서 액자의 기능은 소설 내부 이야기의 근원을 제시하고 내부 이야기의 진술 이유와 목적을 설명한다. 김동인의 「배따라기」, 신경숙의 「감자 먹는 사람들」, 김동리의 「등신불」 등이 있다.

8) 노년소설

노년소설은 도시소설의 하위 장르로 생겨나게 되었는데, 그것은 발생 배경이 산업화·도시화와 무관할 수 없기 때문이다. 산업화가 진행되면서 농업을 주로 하던 생활방식이 변화하게 되었고, 가족의 형태에도 변화를 초래하여 핵가족화가 되었다. 그러자 경노효친 사상을 근간으로 하던 우리의 의식 또한 달라지게 만들었다. 노인의 경륜과 지혜를 존중하던 사고방식이 변하게 된 것이다. 그럼으로써 현대사회의 병리적 현상으로 노인 문제가 대두되었다

노년소설은 노년의 인물이 주요인물로 등장하는 소설이다. 그리고 노년의 삶이나 노인이 당면하고 있는 제반 문제와 갈등이 서사의 골격을 이룬다. 즉, 노인의 심리적, 물리적 소외와 병고로 인한 고통, 그리고 '늙음'과 '젊음'의 대비에서 오는 여러 가지 갈등을 포함하는 것이다. 또한 노인만이 가질 수 있는 심리와 의식의 고유한 국면에 대한 천착하는 소설이며, 노인문제를 서사의 주제나 소재로 선택한다. 전상국의 「고려장」, 박완서의 「너무도 쓸쓸한 당신」 등이 있다.

7. 소설 작품 읽기

소설을 읽을 때에는 문학작품을 읽는 네 가지 관점을 염두에 두고 읽으며, 소설 분석을 위해 플롯과 구성을 먼저 살펴보고 줄거리를 파악해야 한다. 그리고 화자의 시점과 플롯은 어떤 관계가 있는지 탐색해보고, 성격묘사가 어떠한지, 작중인물이 살아 움직이는 인물인지 면밀히 살펴본다. 또한 배경과 분위기는 어떻게 조성되고 있는지, 문체와 주제의 관련성은 어떠한지 생각해보며, 주제와 의미를 발견하며 읽을 때 소설의 묘미를 느낄 수 있도록 한다.

별

황순원

동네 애들과 노는 아이를 한동네 과수노파가 보고, 같이 저자에라도 다녀오는 듯한 젊은 여인에게 무심코, 쟈 동복 누이가 꼭 죽은 쟈 오마니 닮았디 왜, 한 말을 얼김에 듣자 아이는 동무들과 놀던 것도 잊어버리고 일어섰다. 아이는 얼핏 누이의 얼굴을 생각해내려 하였으나 암만해도 떠오르지 않았다. 집으로 뛰면서 아이는 저도 모르게, 오마니 오마니, 수없이 외었다. 집뜰에서 이복동생을 업고 있는 누이를 발견하고 달려가 얼굴부터 들여다보았다. 너무나 엷은 입술이 지나치게 큰 데 비겨 눈은 짭짭하니 작고, 그 눈이 또 늘 몽롱히 흐려있는 누이의 얼굴. 아홉 살 난 아이의 눈은 벌써 누이의 그런 얼굴 속에서 기억에는 없으나 마음속으로 그렇게 그려 오던 돌아간 어머니의 모습을 더듬으며 떨리는 속으로 찬찬히 누이를 바라보았다. 참으로 오마니는 이 누이의 얼굴과 같았을까. 그러자 제법 어른처럼 갓난 이복동생을 업고 있던 열한살잡이 누이는 전에 없이 별나게 자기를 자세히 들여다보는 동복 남동생에게 마치 어머니다운 애정이 끓어오르기나 한 듯이 미소를 지어 보였을 때, 아이는 누이의 지나치게 큰 입 새로 드러난 검은 잇몸을 바라보며 누이에게서 돌아간 어머니의 그림자를 찾던 마음은 온전히 사라지고, 어머니가 누이처럼 미워서는 안 된다고 머리를 옆으로 저었다.

(⋯중략⋯)

아이는 또 땅바닥에 갖가지 지도 같은 금을 그으며 놀기를 잘했다. 바다를 모르는 아이는 바다 아닌 대동강을 여러 개 그리고, 산으로는 모란봉을 몇 개고 그리곤 했다. 그러다가 동무가 있으면 땅따먹기도 했다. 상대편의 말을 맞히고 뼘을 재어 구름이 피어오르는 듯한 땅과 무성한 나무 같은 땅을 만드는 게 재미있었다. 그날도 아이는 옆집 애와 길가에서 땅따먹기를 하고 있었다. 옆집 애의 땅한테 아이의 땅이 거의 잠식당하고 있었다. 한쪽 금에 붙어 꼭 반달처럼 생긴 땅과 거기에 붙은 한 뼘 남짓한 땅이 남았을 뿐이었다. 그것마저 옆집 애가 새로 말을 맞히고 한 뼘 재먹은 뒤에는 반달에 붙은 땅이 또 줄었다. 이번에는 아이가 칠 차례였다. 옆집 애가 말을 놓았다. 그것은 아이의 반달땅 끝에서 한껏 먼 곳이었다. 그러나 아이는 기어코 반달 끝에다 자기의 말을 놓았다. 옆집 애는 아이의 반달땅에 달린 다른 나머지 땅에서가 자기의 말이 제일 가까운데 왜 하필 반달 끝에서 치려는지 이상히 여기는 눈치였다. 사실 아이의 어디까지나 반달 끝에다 한 뼘 맘껏 둘러재어 동그라미를 그어 놓았으면 얼마나 아름다울지 모르겠다는 계획을 옆집 애는 알 턱 없었다. 아이는 반달 끝에서 옆집 애의 말까지의 길을 닦았다. 이번에는 꼭 맞혀 이 반달 위에 무지개같은 동그라미를 그어 놓으리라. 아이의 입은 꼭 다물어지고 눈은 빛났다. 뒤이어 아이는 옆집 애의 말을 겨누어 엄지손가락에 버텼던 장가락을 퉁기었다. 그러나 아이의 장가락 손톱에 맞은 말은 옆집 애의 말에서 꽤 먼 거리를 두고 빗나갔다. 옆집 애가 됐다는 듯이 곧 자기의 말을 집어들며 아이가 아무리 먼 곳에 말을 놓더라도 대번에 맞혀 버리겠다는 득의의 미소를 떠올렸다. 그러면서 아이의 말 놓기를 기다리다가 흐려지지도 않은 경계선을 사금파리 말을 세워 그었다. 아이의 반달 끝이 이지러지게 그어졌다. 아이가, 이건 왜 이르캐? 하고 고함쳤다.

옆집 애는 곧 다시 고쳐 금을 그었다. 옆집 애는 아이가 자기의 땅을 줄게 그어서 그러는 줄로 알았는지, 이번에는 반달의 등이 약간 살찌게 그어 놓았다. 아이는 그래도, 것두 아냐! 했다. 그러는데 어느새 왔었는지 누이가 등뒤에서 옆집 애의 말을 빼앗아서는 동생을 도와 반달의 배가 부르게 긋기 시작했다. 그러나 아이는 누이가 채 다 긋기도 전에 손바닥으로 막 지워 버리면서, 이건 더 아냐! 이건 더 아냐! 하고 소리질렀다.

하루는 아이가 뜰안에서 혼자 땅바닥에다 지도같은 금을 그으며 놀고 있는데, 바깥에서 누이가 뒷집 계집애와 싸우는 소리가 들려, 마침 안의 어른들이 듣지 못하고 있는 것을 다행으로 열린 대문 새로 내다보았다. 아이가 늘 이쁘다고 생각해오던 뒷집 계집애의 내민 역시 이쁜 얼굴에서, 그래 안 맞았단 말이가? 하는 말소리가 빠른 속도로 계속 되는 대로, 또 누이의 내민 밉게 찌그러진 얼굴에서는, 안 맞디 않구, 하는 소리가 같은 속도로 계속되고 있었다. 땅따먹기 하다가 말이 맞았거니 안 맞았거니 해서 난 싸움이 분명했다. 어느 편이 하나 물러나는 법 없이 점점 더 다가들면서 내민 입으로 자기의 말소리를 좀더 이악스레 빠르게들 하고 있는데, 저쪽에서 뒷집 계집애의 남동생이 달려오더니 다짜고짜로 누이에게 흙을 움켜 뿌리는 것이 아닌가. 그러자 뒷집 계집애의 이쁜 얼굴이 더 내밀어지며, 그래 안 맞았단 말이가? 하는 소리가 더 날카롭게 빠르게 계속되는 한편, 누이는 먼저 한 걸음 물러나며, 안 맞디 않구 하는 소리도 떠져갔다. 뒷집 계집애의 남동생이 또 흙을 움켜 뿌렸다. 뒷집 계집애의 남동생이 흙을 움켜 뿌릴 적마다 이쪽 누이는 흠칫흠칫 물러나며 말소리가 줄고, 뒷집 계집애의 말소리는 더욱 잦아갔다. 그러자 아이는 저도 깨닫지 못하고 대문을 나서 그리로 걸어갔다. 아이를 보자 뒷집 계집애의 남동생이 우선 흙 뿌리기를 멈추고, 다음에 뒷집 계집애가 다가오기를 멈추고, 다음에 계집애의 말소리가 늦추어지고, 다음에 누이가 뒷걸음치던 걸음을 멈추었다. 그리고 누이는 뒷집 계집애의 남동생처럼 자기의 남동생도 역성을 들러오는 것으로만 안 모양이어서 차차 기운을 내어 다가나가며, 안 맞디 않구, 안 맞디 않구, 하는 소리를 점점 빠르게 회복하고 있었다. 거기 따라 뒷집 계집애는 도로 물러나며 점차, 그래 안 맞았단 말이가? 하는 소리를 늦추고 있고, 뒷집 계집애의 남동생도 한옆으로 아이를 피하고 있었다. 그러나 아이는 싸움터로 가까이 가자 누이의 흥분된 얼굴이 전에 없이 더 흉하게 느껴지면서, 어디 어머니가 저래서야 될 말이냐는 생각에, 냉연하게 그곳을 지나쳐 버리고 말았다. 그리고 등뒤로 도로 빨라 가는 뒷집 계집애의 말소리와 급작스레 떠가는 누이의 말소리를 들으면서도 아이는 누이보다 이쁜 뒷집 계집애가 싸움에 이기는 게 옳다고 생각하며 저만큼 골목 어귀에서 여물을 먹고 있는 당나귀에게로 걸어갔다.

열네 살의 소년이 된 아이는 뒷집 계집애보다 더 이쁜 소녀와 알게 되었다. 검고 맑고 깊은 눈하며, 깨끗하고 건강한 볼, 그리고 약간 노란 듯한 머리카락에서 풍기는 숫한 향기. 아이는 소녀와 함께 있으면서 그 맑은 눈과 건강한 볼과 머리카락 향기에 온전히 홀린 마음으로 그네를 바라보기만 하면 그만이었다. 그러나 소녀 편에서는 차차 말없이 자기를 쳐다보기만 하는 아이에게 마음 한구석으로 어떤 부족감을 느끼는 듯했다. 하루는 아이와 소녀는 모란봉 뒤 한 언덕에 대동강을 등지고 나란히 앉아 있었다. 언덕 앞 연보랏빛 하늘에는 희고 산뜻한 구름이 빛나며 떠가고 있었다. 아이가 구름에 주었던 눈을 소녀에게로 돌렸다. 그리고는 소녀의 얼굴을 언제까지나 들여다보기 시작했다. 소녀의 맑은 눈에도 연보랏빛 하늘이 가득 차 있었다. 이제 구름도 피어나리라. 그러나 이때 소녀는 또 자기만 말끄러미 바라보고 있는 아이에게 느껴지는 어떤 부족감을 못 참겠다는 듯한 기색을 떠올렸는가 하면, 아이의 어깨를 끌어당기면서 어느새 자기의 입술을 아이의 입에다 갖다 대고 비비었다. 아이는 저도 모르게 피하는 자세를 취하였으나 서로 입술을 비비고 난 뒤에야 소녀에게서 물러났다. 벌떡 일어났다. 그리고 아이는, 거친 숨을 쉬면서 상기돼 있는 소녀를 내려다보았다. 이미 소녀는 아이에게 결코 아름다운 소녀는 아니었다, 얼마나 추잡스러운 눈인가. 이 소녀도 어머니가 아니라는 생각이 불현듯 떠올랐다. 아이는 소녀에게서 돌아섰다. 소녀는 실망과 멸시로 찬 아이의 기색을 느끼며 아이를 붙들려 했으나 아이는 쉽게 그네를 뿌리치고 무성한 여름의 언덕길을 뛰어내릴 수 있었다.

하늘에 별이 별나게 많은 첫가을 밤이었다. 아이는 전에 땅 위의 이슬같이만 느껴지던 별이 오늘밤엔 그 어느 하나가 꼭 어머니일 것 같은 생각이 들어, 수많은 별을 뒤지고 있었다. 그러나 아이는 곧 안에서 누구를 꾸짖는 듯한 아버지의 음성에 정신을 깨치고 말았다. 아이는 다시 하늘로 눈을 부었으나 다시는 어느 별 하나가 어머니라는 환상을 붙들 수는 없었다. 아쉬웠다. 다시 아버지의 누구를 꾸짖는 듯한 음성이 들려 나왔다. 아이는 아쉬운 마음으로 아버지의 음성이 들려오는 창 가까이로 갔다. 안에서는 아버지가 두 번 다시 그런 눈치만 뵀단 봐라, 죽여 없애구 말 테니, 꼭대기 피두 안 마른 년이 누굴 망신 시킬려구, 하는 품이 누이 때문에 여간 노한 게 아닌 것 같았다. 좀한 일에는 노하는 일이 없는 아버지가 이렇도록 노함에는 심상치 않은 일이 일어났음에 틀림없었다. 의붓어머니의 조심스런 음성으로, 좌우간 그편 집안을 알아보시구레, 하는 말이 들려 나왔다. 이어서 여전히 아버지의, 알아보긴 쥐뿔을 알아봐! 하는 노기찬 음성이 뒤따랐다. 이번엔 누이의 나직이 떨리는 음성이 한 번, 동무의 오래비야요, 했다. 이젠 학교두 고만둬라, 하는 아버지의 고함에, 누이 아닌 아이가 등골이 서늘해짐을 느꼈다. 그러면서 얼마 전에 누이가 호리호리한 키에 흰 얼굴을 한 청년과 과수 노파가 살고 있는 골목 안에 마주 서 있는 것을 본 일이 생각났다. 그때 누이는 청년이 한반 동무의 오빠인데 심부름을 왔다고 변명하듯 말했고, 아이는 아이대로 그저 모른 체하고 있었으나, 속으로는 누이 같은 여자와 좋아하는 청년의 마음을 정말 모르겠다고 생각했었다. 그 청년과 누이가 만나는 것을 집안에서도 알았음에 틀림없었다. 지금 안에서 의붓어머니의 낮으나 힘이 든 음성으로, 얘 넌 또 웬 성냥 장난이가! 하는 것만은 이제는 유치원에 다니게 된 이복동생을 꾸짖는 소리리라. 요사이 차차 의붓어머니가 어렵고 두렵기만 한 게 아니고 진정으로 자기네를 골고루 위해 주고 있다는 것을 깨닫게 된 아이는, 동복인 누이의 일로 의붓어머니를 걱정시키는 것이 아버지에게보다 더 안됐다고 생각됐다. 다시 의붓어머니의 조심성 있고 은근한 음성으로, 넌두 생각이 있갔디만 이제 네게 잘못이라두 생기믄 땅 속에 있는 너의 어머니한테 어떻게 내가 낯을 들겠니, 자 이젠 네 방으루 건너가그라, 함에 아이는 이번에는 의붓어머니의 애정에 얼굴이 달아오르면서, 정말 누이가 돌아간 어머니까지 들추어내게 하는 일을 저질렀다가는 용서 않는다고 절로 주먹이 쥐어졌다. 어디서 스며오듯 누이의 흐느끼는 소리가 들려 왔다. 두 번 다시 그런 일만 있었단 봐라, 초매 (치마)루 묶어서 강물에 집어 넣구 말디 않나, 하는 아버지의 약간 노염은 풀렸으나 아직 엄한 음성에, 아이는 이번에는 또 밤바람과 함께 온몸을 한 번 부르르 떨었다.

꽤 쌀쌀한 어떤 날 밤이었다. 의붓어머니가 아버지에게 애걸하다시피 하여 학교만은 그냥 다니게 된 누이보고 아이가, 우리 산보가, 했다. 누이는 먼저 뜻하지 않았던 일에 놀란 듯 흐린 눈을 크게 떠 보이고 나서 곧 아이를 따라 나섰다. 밖은 조각달이 달려 있었다. 그리고 수많은 별들이 빛나고 있었다. 싸늘한 바람이 불어왔다. 바람이 불어 올 적마다 별들은 빛난다기보다 떨고 있는 것만 같았다. 아이는 앞서 대동강 쪽으로 난 길을 접어들었다. 누이는 그저 아이를 따랐다. 어둑한 속에서도 이제 누이를 놀래어 주리라는 계교 때문에 아이의 얼굴은 미소가 떠올라 있었다. 강둑을 거슬러 오르니까 더 써느러웠다. 전에없이 남동생이 자기를 밖으로 이끌어 낸 것을 의아하게 여기는 눈치로, 그러나 즐거운 듯이 누이가 아이에게, 춥디 않니? 했다. 아이는 거칠게 머리를 옆으로 저었다. 젓고 나서 어둠으로 해서 누이가 자기의 머리 저음을 분간치 못했으리라고 깨달았으나 아이는 그냥 잠자코 말았다. 누이가 돌연 혼잣말처럼, 사실 나 혼자였다믄 벌써 죽구 말았어, 죽구 말디 않구, 살믄 멀하노……그래두 네가 있어 그렇디, 둘이 있다 하나가 죽으믄 남는 게 더 불쌍할 것 같애서 ……난 정말 그래, 하며 바람 때문인지 약간 느끼는 듯했다. 아이는 혹시 집에서 누이의 연애 사건을 알게 된 것이 자기가 아버지나 의붓어머니에게 고자질한 것으로 잘못 알고 있지나 않나 하는 생각이 들자, 누이를 쓸어안고 변명이나 할 듯이 홱 돌아섰다. 누이도 섰다. 그러나 아이는 계획해 온 일을 실현할 좋은 계기를 바로 붙잡았음을 기뻐하며 누이에게, 초매 벗어라! 하고 고함을 치고 말았다. 뜻밖에 당하는 일로 잠시 어쩔 줄 모르고 섰다가 겨우 깨달은 듯이 누이는 어둠 속에서 조용히

저고리를 벗고 어깨치마를 머리 위로 벗어냈다. 아이가 치마를 빼앗아 땅에 길게 폈다. 그리고 아이는 아버지처럼 엄하게 가루 눠라! 했다. 누이는 또 곧 순순히 하라는 대로 했다. 그러나 아이는 치마로 누이를 묶어 강물에 집어넣는 차례에 이르러서는 자기의 하는 일이면 누이가 죽는 한이 있더라도 아무 항거 없이 도리어 어머니다운 애정으로 따라할 것만 같은 생각이 들며, 누이가 돌아간 어머니와 같은 애정을 베풀어서는 안 된다고 치마 위에 이미 죽은 듯이 누워 있는 누이를 그대로 남겨 둔 채 돌아서 그곳을 떠나고 말았다.

누이는 시내 어떤 실업가의 막내아들이라는 작달막한 키에 얼굴이 검푸른, 누이의 한반 동무의 오빠라는 청년과는 비슷도 안한 남자와 아무 불평 없이 혼약을 맺었다. 그리고 나서 얼마 안 되어 결혼하는 날, 누이는 가마 앞에서 의붓어머니의 팔을 붙잡고는 무던히나 슬프게 울었다. 아이는 골목에 몸을 숨기고 있었다. 누이는 동네 아낙네들이 떼어놓는 대로 가마에 오르기 전에 젖은 얼굴을 들었다. 자기를 찾고 있음에 틀림없다고 생각하면서도, 아이는 그냥 몸을 숨기고 있었다. 그리고 누이가 시집간 지 또 얼마 안 되는 어느날, 별나게 빨간 놀이 진 늦저녁때 아이네는 누이의 부고를 받았다. 아이는 언뜻 누이의 얼굴을 생각해 내려 하였으나 도무지 떠오르지가 않았다. 슬프지도 않았다. 그러다가 아이는 지난날 누이가 자기에게 만들어 주었던, 뒤에 과수 노파가 사는 골목 안에 묻어 버린 인형의 얼굴이 떠오를 듯함을 느꼈다. 아이는 골목으로 뛰어갔다. 거기서 아이는 인형 묻었던 자리라고 생각키우는 곳을 손으로 팠다. 흙이 단단했다. 손가락을 세워 힘껏힘껏 파댔다. 없었다. 짐작되는 곳을 또 파보았으나 없었다. 벌써 썩어 흙과 분간치 못하게 된 지가 오래리라. 도로 골목을 나오는데 전처럼 당나귀가 매어 있는 게 눈에 띄었다. 그러나 전처럼 당나귀가 아이를 차지는 않았다. 아이는 달구지채에 올라서지도 않고 전보다 쉽사리 당나귀 등에 올라탔다. 당나귀가 전처럼 제 꼬리를 물려는 듯이 돌다가 날뛰기 시작했다. 그리고 아이는 당나귀에게 나처럼, 우리 늴 왜 쥑엔! 왜 쥑엔! 하고 소리질렀다. 당나귀가 더 날뛰었다. 당나귀가 더 날뛸수록 아이의, 왜 쥑엔! 왜 쥑엔! 하는 지름소리가 더 커갔다. 그러다가 아이는 문득 골목 밖에서 누이의, 데런! 하는 부르짖음을 들은 거로 착각하면서, 부러 당나귀 등에서 떨어져 굴렀다. 이번에는 어느 쪽 다리도 삐지 않았다. 그러나 아이의 눈에는 그제야 눈물이 괴었다. 어느새 어두워지는 하늘에 별이 돋아났다가 눈물 괸 아이의 눈에 내려왔다. 아이는 지금 자기의 오른쪽 눈에 내려온 별이 돌아간 어머니라고 느끼면서, 그럼 왼쪽 눈에 내려온 별은 죽은 누이가 아니냐는 생각에 미치자 아무래도 누이는 어머니와 같은 아름다운 별이 되어서는 안 된다고 머리를 옆으로 저으며 눈을 감아 눈 속의 별을 내몰았다.

중국인 거리

오정희

(…상략…)

우리 가족이 이 도시로 이사를 온 것은 지난해 봄이었다.

늬 아버지가 취직만 되면…….

어머니는 차곡차곡 쌓은 담배잎에 푸우 푸우 입에 가득 문 물을 뿜는 사이사이 말했다. 담배잎을 꼭꼭 눌러 담은 부대에 멜빵을 해서 메고 첫 새벽에 나가는 어머니는 이틀이나 사흘 후 초죽음이 되어 돌아오곤 했다.

간이 열이라도 담배 장사는 이제 못 해먹겠다. 단속이 여간 심해야지. 늬 아버지 취직만 되면…….

미리 월남해서 자리를 잡았거나 전쟁을 재빨리 벗어난 친구, 동창들을 찾아다니며 취직 운동을 하던 아버지가 석유 소매 업소의 소장직으로 취직을 하고, 우리를 실어갈 트럭이 온다는 날 우리는 새벽밥을 지어 먹고 이불 보따리와 노끈으로 엉글게 동인 살림 도구들을 찻길에 내다 놓았다.

점심 때가 되어도 트럭은 오지 않았다. 한없이 길게 되풀이되는 동네 사람들과의 작별 인사도 끝났다.

해질 무렵이 되자 어머니는 땅뺏기 놀이나 사방치기에도 진력이 나 멍청이 땅바닥에 주저앉은 우리들을 일으켜 세워 읍내의 국수집에서 국수를 한 그릇씩 사 먹였다. 집을 나서기 전 갈아 입은 옷이건만 한없이 흐르는 콧물로 오빠와 나 그리고 동생은 소매와 손등이 반들반들하게 길이 들었다.

날이 완전히 어두워졌어도 어머니는 젖먹이를 안고 이불 보따리 위에 올라앉은 채 트럭이 나타날 다릿목께만을 뚫어지게 노려보고 있었다.

트럭이 나타난 것은 저물고도 한참이 지난 후였다. 헤드라이트를 밝힌 트럭이 요란한 엔진 소리와 함께 다릿목에 모습을 드러내자 어머니는 차가 왔다, 라고 비명을 질렀다. 저마다 보따리 하나씩을 타고 앉았던 우리 형제들은 공처럼 튀어 일어났다. 트럭은 신작로에 잠시 멎고, 달려간 어머니에게 창으로 고개만 내민 조수가 무어라고 소리쳤다. 어머니는 되돌아오고 트럭은 다시 떠났다. 우리는 어리둥절해서 서로의 얼굴을 마주 보았다. 난간을 높이 세운 짐간에 검은 윤곽으로 우뚝우뚝 서 있던 것은 소였다. 날카롭게 구부러진 뿔들과 어둠 속에서 흐르듯 눅눅하게 들려오던 되새김질 소리도 역력했다.

소를 내려놓고 올 거예요, 짐을 부려놓고 빈 차로 올라가는 걸 이용하면 운임이 절반이니까 아범이 그렇게 한 거예요.

어머니의 설명에, 아버지와 어머니에게 한번도 이의를 나타내 본 적이 없는 할머니는 뜨아한 표정으로, 그러나 어련히들 잘 알아서 하겠느냐는 듯 몇 번이고 고개를 주억거렸다.

그러나 트럭이 정작 우리 앞에 다시 나타난 것은 두어 시간택이나 지난 후였다. 삼십 리 떨어진 시의 도살장에 소들을 부려놓고 차 바닥의 오물을 닦아 내느라고 늦었다는 것이었다.

이삿짐을 다 싣고 마지막으로 어머니가 젖먹이를 안고 운전석의, 운전수와 조수를 틈에 끼어 앉자 트럭은 출발했다. 멀리 남행열차의 기적 소리가 들리는 것으로 보아 자정 무렵이었다.

나는 이삿짐들 틈에서 고개만 내밀어 깜깜하게 묻힌, 점점 멀어져 가는 마을을 보았다. 마을과 마을 뒤의 야산과 야산의 잡목 숲은 한데 뭉뚱그려져 더 짙은 어둠으로 손바닥만 하게 너울대다가 마침내 하나의 점으로 털털대며 트럭의 꽁무니를 따라왔다.

읍을 벗어나자 산길이었다. 길이 나쁜 데다 서둘러 험하게 몰아대는 통에 차는 길길이 뛰고 짐들 틈바구니에 서캐처럼 박혀 있던 우리는 스프링 장치가 된 자동 인형처럼 간단없이 튀어 올랐다.

할머니는 아그그그 뼈마디 부딪치는 소리를 어금니로 눌렀다. 길 아래는 강이었다. 차가 튀어 오를 때마다 하마하마 강물로 곤두박질치겠지 생각하며 나는 눈을 꼭 감고 네 살짜리 동생을 힘주어 끌어안았다.

봄이라고는 해도 밤바람은 칼끝처럼 매웠다. 물살을 가르며 사납게 웅웅대던 바람은 그 첨예한 손톱으로 비듬이 허옇게 이는 살갗을 후비고 아직도 차안에 질척하게 고여 있는 쇠똥 냄새를 한 소금씩 걷어 내었다.

아까 그 소들, 다 죽었을까.

나는 문득 어둠 속에서 들려오던 소리들의 눅눅한 되새김질 소리를 떠올리며 언니에게 물었다. 언니는 세운 무릎 사이에 얼굴을 깊이 묻은 채 대답이 없었다. 물론 지금쯤이면 각을 뜨고 가죽을 벗기고 내장을 긁어 내기에 충분한 시간일 것이다.

달은 줄곧 머리 위에서 둥글었고 네 살짜리 동생은 어눌한 말씨로 씨팔 눔아아, 왜 자꾸 따라오는 거여어 소리치며 달을 향해 주먹질을 해대었다.

차는 자주 섰다. 다섯 명의 아이들이 차례로 오줌이 마려웠기 때문이었다. 짐간과 운전석 사이의 손바닥만 한 유리를 두들기면 조수가 옆창문을 열고 고개를 내밀어 돌아보며 뭐야, 하고 소리쳤다.

오줌이 마렵대요.

조수는 손짓으로 그냥 누라는 시늉을 해 보였으나 할머니가 펄쩍뛰었다. 마지못해 차가 멎고 조수는 아이들을 하나씩 안아 내리며 한꺼번에다 눠 버려, 몽땅, 하고 퉁명스럽게 말했다. 우리는 길바닥에 쭈그리고 앉기가 무섭게 푸드득 몸을 떨며 오래 오줌을 누었다.

행정 구역이 바뀌거나 길이 굽이도는 곳에는 반드시 초소가 있어 한 차례씩 검문을 받아야 했다. 전투복을 입은 경찰이 트럭 위로 전짓불을 휘두를 때면 담배 장사로 간이 손톱만큼밖에 안 남았다는 어머니는 공연히 창밖으로 고개를 빼어 소리쳤다.

실컷 보시요, 암만 뒤져도 같잖은 따라지 보따리와 새끼들뿐이요.

트럭은 기름을 넣기 위해 한 차례 멎고 두 번 고장이 났으며 굽이굽이 수많은 검문소를 지나쳐 강과 산과 잠든 도시를 밤새도록 달려 날이 밝을 무렵 이 도시로 진입해 들어왔다. 우리가 탄 트럭의 낡은 엔진의 요란한 소리에 비로소 거리는 푸득푸득 깨어나기 시작했다.

바다를 한 뼘만치 밀어둔 시의 끝, 해안 동네에 다다라 우리는 짐들과 함께 트럭에서 안아 내려졌다. 밤새 따라오던 달은 빛을 잃고 서쪽 하늘에 원반처럼 납작하게 걸려 있었다. 트럭이 멎은 곳은 낡은 목조의 이 집 앞이었는데 아래층은 길가에 연해 상점들처럼 몇 쪽의 유리문으로 되어 있었다. 그리고 흙먼지가 부옇게 앉은 유리에 붉은 페인트로 석유 배급소라고 씌어 있었다.

바로 앞으로 우리가 살게 될 집이었다.

나는 새삼스럽게 달려드는 차가운 공기에 이빨을 마주치며 언제나 내 몫인 네 살짜리 사내 동생을 업었다.

우리가 요란하게 가로질러 온, 그리고 트럭의 뒷꽁무니 이삿짐들 틈에서 호기심과 기대로 목을 빼어 바라본 시는 내가 피난지인 시골에서 꿈꾸어 오던 도회지와는 달랐다. 나는 밀대 끝에서 피어오르는 오색의 비

눈방울 혹은 말로만 듣던 먼 나라의 크리스마스 트리처럼 우리가 가게 될 도회지를 생각하곤 했었다.

폭이 좁은 길을 사이에 두고 조그만 베란다가 붙은, 같은 모양의 목조 이층집들이 늘어선 거리는 초라하고 지저분했으며 새벽닭의 첫 날개짓 같은 어수선한 활기에 차 있었다. 그것은 이른 새벽 부두로 해물을 받으러 가는 장사꾼들의 자전거 페달 소리와 항만의 끝에 있는 제분 공장의 노무자들의 발길 때문이었다. 그들은 길을 메우고 버텨 선 트럭과 함부로 부려진 이삿짐을 피해 언덕을 올라갔다.

지난밤 떠나온 시골과는 모든 것이 달랐음에도 불구하고 나는 잠시, 우리가 정말 이사를 온 것일까, 낯선 곳에 온 것일까 이상한 혼란에 빠졌다. 그것은 공기 중에 이내처럼 짙게 서려 있는, 무척 친숙하고, 내용은 잊혀진 채 분위기만 남아 있는 꿈과도 같은 냄새 때문이었다. 무슨 냄새였던가.

석유 배급소의 유리문을 밀어붙이고 나온 아버지는 약속이 틀리다고 운전수에게 고래고래 소리를 지르고, 운전수는 호기심과 어쩔 수 없는 불안으로 눈을 두릿두릿 굴리고 서 있는 우리들과 이삿짐을 번갈아 가리키며 아버지에게 삿대질을 해댔다.

목덜미에 시퍼렇게 면도 자국을 드러낸 뒷박머리에 솜이 삐져나온 노랑 인조 저고리를 입고, 아홉 살배기 버짐투성이 계집애인 나는 동생을 업고 이상하게 안절부절못하는 심사로 우리가 살게 될 동네를 둘러보았다.

우리의 이사 소동에 동네는 비로소 잠을 깨어 사람들은 들창을 열거나 길가에 면한 출입문으로 부스스한 머리를 내밀었다.

길을 사이에 두고 각각 여남은 채씩 늘어선 같은 모양의 목조 이층집들은 우리 집을 마지막으로 갑자기 끝났다. 그리고 우리 집에서부터 완만한 경사로 이루어진 언덕이 시작되었는데 그 언덕에는 바랜 잉크 빛깔이나 흰색 페인트로 벽을 칠한 커다란 이층집들이 길을 사이에 두고 나란히 마주 보고 서 있었다.

우리 집 앞을 지나는 길은 언덕으로 이어져 있고 언덕이 시작되는 첫째 집은 거의 우리 집과 이웃해 있었다. 그러나 넓은 벽에 비해 지나치게 작은, 창문이나 출입문이라고 볼 수 있는 문들은 모두 나무 덧문이 완강하게 닫혀져 있어 필시 빈집이거나 창고이리라는 느낌이 짙었다.

큰 덩치에 비해 지붕의 물매가 싸고 용마루가 밭아서 이상하게 눈에 설고 불균형해 뵈는 양식의 집들이었다. 그 집들은 일종의 적의로 냉담하고 무관심하게 언덕 아래를 내려다보며 서 있었다. 언덕을 넘어 선창으로 향하는 사람들의 발길에도 불구하고 언덕은 섬처럼 멀리 외따로 있었으며 갑각류의 동물처럼 입을 다문 집들은 초라하게 그러나 대개의 오래된 건물들이 그러하듯 역사와 남겨지지 않은 기록의 추측으로 상상의 여백으로 다소 비장하게 바다를 향해 서 있었다.

이삿짐을 다 부려놓고도 트럭은 시동만 걸어 놓은 채 떠나지 않았다. 요구한 액수대로 운임을 받지 못한 운전수는 지구전에 들어간듯 운전대에 두 팔을 얹고 잠깐 눈을 붙였다.

아이 시끄러워 또 난리가 쳐들어오나, 새벽부터 웬 지랄들이야.

젊은 여자의, 거두절미한 쇳소리가, 시위하듯 부릉대는 찻소리를 단번에 눌러 끄며 우리의 머리 위로 쨍하니 날아왔다. 어머니는, 그리고 우리는 망연해서 고개를 쳐들었다. 허벅지까지 맨살을 드러낸 채 겨우 군복 윗도리만을 어깨에 걸친 젊은 여자가 염색한 머릿털을 등 뒤로 너울대며 맞은편 집 이층 베란다에서 마악 들어가려던 참이었다.

아버지는 차바퀴 사이를 들락거리며 뺑뺑이를 치는 오빠의 덜미를 잡아 끌어내어 알밤을 먹였다. 그리고는 우르르 몰려 선 우리들을 보며 일개 소대 병력이로구나 하며 기막히다는 듯 헛웃음을 쳤다.

새벽 구름이 걷히고 햇살이 조금씩 투명해지기 시작할 무렵에도 언덕 위 집들은 굳게 문을 닫은 채 잠에서 깨어나지 않았다. 시의 곳곳에서 밀려난 새벽의 푸르스름한 어두움은 비를 품은 구름처럼 불길하게 언덕 위의 하늘에 몰려 있었다.

어둠이 완전히 걷히자 밤의 섬세한 발 틈으로 세류가 되어 흐르던 냄새는 억지로 참았던 긴 숨처럼 거리 곳곳에서 피어오르기 시작했다.

아, 그제야 나는 그 냄새의 정체를 알 수 있었다. 그 냄새는 낯선 감정을 대번에 지우고 거리는 친숙하고 구체적으로 내게 다가왔다. 그것은 나른한 행복감이었고 전날 떠나온 피난지의 마을에 깔먹여진 색채였으며 유년의 기억이었다.

민들레꽃이 필 무렵이 되면 나는 늘 어지럼증과 구역질로, 툇돌에 앉아 부걱부걱 거품이 이는 침을 뱉고 동생은 마당을 기어다니며 흙을 집어먹었다. 할머니는 긴 봄 내내 해인초를 끓였다. 싫어 싫어 도리질을 해대며 간신히 한 사발을 마시고 나면 나는 어쩔 수 없이 천지가 노오래지는 경험과 함께 춘곤과도 같은 이해할 수 없는 나른한 혼미 속에 빠져 할머니에게 지금이 아침인가 저녁인가를 때없이 묻곤 했다. 할머니는 망할 년, 회동하나부다라고 대꾸하며 흐흐 웃었다.

나는 잊혀진 꿈속을 걸어가듯 노란빛의 혼미 속에 점차 빠져들며 문득 성큼 다가드는 언덕 위의 이층집들과 굳게 닫힌 덧창 중의 하나가 열리며 젊은 남자의 창백한 얼굴이 나타나는 것을 보았다.

(…하략…)

■■■ 연구 문제

1. 황순원의 「별」 전문을 읽고 작품을 분석하라. 그리고 작가와 작품을 소개하라.

2. 오정희의 「중국인 거리」는 전쟁이 끝난 후 가족이 중국인 거리에서 새롭게 삶을 시작하고 뿌리내리게 되는 과정 속에서 성장해가는 소녀의 삶을 통해, 전쟁의 비극성과 황폐함을 그려내고 있다. 이 작품에 나오는 색깔 이미지의 의미와 인물의 성격을 분석하라.

제5장

희곡의 이해

1. 희곡이란 무엇인가

1) 희곡의 정의

소설이 서술의 형식인 서사시에서 출발했다면, 희곡은 표출의 형식을 취한 극시에서 시작되었다고 볼 수 있다. 아리스토텔레스의 『시학』에는 자연의 행동을 모방하는 것에서 희곡이 생겨났다고 한다. 그리고 "극시는 이야기하는 형식에 의해서가 아니라 행동하는 인간에 의해서 보는 사람을 감동시키는 것"이라고 정의하고 있다. 희곡을 의미하는 드라마(drama)의 어원은 '움직인다(dran)'는 의미를 지니고 있다. 중국 원어는 '놀이(play)'라는 뜻을 가지고 있으며, 서양의 원어는 '행동(action)'이라는 뜻을 가지고 있다. 희곡은 문학의 한 형식으로 연극 공연의 모체가 된다. 시나 소설처럼 읽히는 문학 형식이면서 연극으로 공연되기 위해 준비된 대본이다. 희곡은 문학과 연극이라는 두 가지 성격을 갖고 있다. 그리하여 다른 문학 형태와 구별된다. 문학으로서의 희곡작품은 무대에서 공연됨으로써 연극으로 새롭게 탄생되는 것이다.

연극의 기본적인 3대 요소는 희곡, 배우, 관객이다. 희곡은 무대 상연을 전제로 하기 때문에 극적 상상력이 요구되고 이런 까닭에 여러 가지 제약이 따른다. 영국의 연극 이론가인 아처(W. Archur)는 희곡을 이렇게 정리했다.

① 무대상연을 전제로 한다.
② 인간의 행동을 표출한다.
③ 가장 객관적인 형식이다.
④ 대화가 유일한 표현방식이다.

희곡은 무대 상연을 전제로 하며, 인간의 행동과 대화를 통해 관객에게 직접 작가의 의도를 전달하려는 문학이라고 정의할 수 있다. 무대에서 상연되는 연극적 특성과 문자로 쓰였다는 문학적 특성을 지닌다.

2) 희곡의 특성

희곡은 무대 상연을 전제로 한 산문문학이다. 무대 위의 배우는 미리 짠 연극의 대본에 따라 연기하는 것이다. 이렇게 연극을 위해 짠 대본이 희곡이다. 무대 상연을 목적으로 하는 대본이 아니라 단지 글을 읽히기 위해 만든 희곡이 있다. 레제드라마(Lesedrama)이다. 레제드라마는 연극성보다 문학성에 더 비중을 두는데, 괴테의 『파우스트』가 여기에 속한다.

희곡은 행동과 대사의 문학이다. 시나 소설은 묘사와 서사가 주된 진술방식으로 표현되는 문학이라면, 희곡은 그 내용이 배우의 행동과 대사를 통해 표현되는 문학이다. 동일한 내용이라 하더라도 배우에 따라 표현되는 것이 다르다.

희곡은 시공간과 등장인물의 제한을 받는다. 무대에서 상연되는 희곡의 경우 등장인물의 제한을 받을 수밖에 없다. 그리고 막간을 이용하여 공간을 재배치하더라도 극히 제한적이다.

희곡은 갈등과 대립의 문학이다. 희곡의 서사구조는 대부분 갈등과 대립으로 되어 있으며 현재화된 인생을 표현한다. 연극은 무대 위에서 삶의 모습을 직접 표현하는 것이기 때문에 모든 이야기를 현재화하며, 현재 시제를 사용한다.

3) 희곡은 소설과 어떻게 다른가

소설은 서술의 형식을 취하므로 표현에 있어서 시간, 공간, 등장인물 등이 제한이 없이 자유롭다. 반면 희곡은 무대 위에서 상연될 것을 전제로 하기 때문에 많은 제약을 받는다.

(1) 소설과 희곡의 차이점

① **길이** : 소설은 제한이 없지만 희곡은 상연시간이 제한된다.

② **배경** : 소설은 자유롭지만, 희곡은 상연되어야 하는 만큼 배경이 제한된다.

③ **표현** : 소설은 서술과 묘사로 자유롭게 하지만, 희곡은 행동과 대화로만 표현한다.

④ **대상** : 소설은 독자, 희곡은 관객을 대상으로 한다.

⑤ **형식** : 소설은 서술하지만, 희곡은 표출한다.

(2) 희곡과 소설의 공통점

① 서사구조를 갖고 있는 산문문학이다.

우리의 삶 속에서 일어나는 사랑과 이별, 죽음, 복수, 시대적 현실에 대한 긍정과 부정, 희망, 투쟁, 삶의 의지 등의 주제를 소설과 희곡에서 즐겨 다룬다.

② 삶의 갈등을 다루는 문학이다.

소설과 희곡에서는 삶에서 생기는 갈등과 대립의 문제를 다룬다. 수많은 사람들과 만나고 헤어지는 인생길에서 얽히고설킨 갈등은 일어나게 마련이다. 이렇듯 소설과 희곡은 자아와 세계와의 갈등을 주로 다루는 문학이다.

③ 플롯에 의해 형성되는 문학이다.

작품에서 일어나는 사건들이 인과성을 가진 플롯에 의해 만들어지고 진행된다. 문학이 삶의 반영이고 있을 수 있는 일을 다루지만 플롯에 의해 가공된다는 것이다. 실제로 없는 일이 그럴 듯하게 보이는 것은 플롯 때문이다.

④ 등장인물의 성격묘사, 배경 설정, 주제, 플롯 등을 구성요소로 하는 문학이다.

2. 희곡의 인물과 구성

1) 희곡의 인물

희곡의 인물은 개성적이면서 전형적이어야 한다. 전형적인 인물은 누구나 알 수 있는 인물로 시대 계층을 대표하는 인물이다. 희곡의 경우 전형적 인물을 즐겨 등장시키는 이유가 있다. 시간의 제약 때문이라는 실제적인 필요에 의해서이다. 전형성을 가지면서 한편으로는 개성을 가진 인물이어야 한다. 햄릿의 경우 그는 전형적이지만 동시에 개성적이기도 하다. 햄릿의 전형적인 면은 복수하는 인물이라는 것이고, 개성적인 면은 우유부단한 인물이라는 것이다. 전형적인 인물은 극중에서 독자에게 작품을 보다 쉽고 정확하게 이해할 수 있도록 돕는다. 개성적인 인물은 한 작품을 다른 작품과 구별할 수 있도록 만든다.

(1) 인물의 분류

특성에 따라 전형적 인물과 개성적 인물로 나누며, 역할에 따라 주동인물, 반동인물, 성격 변화에 따라 평면적 인물, 입체적 인물 그리고 작품에서의 비중에 따라 주요인물과 부차인물로 분류할 수 있다.

(2) 등장인물의 유형

희곡에서 인물은 등장인물의 성격과 특성을 말한다. 극중 인물의 행동과 대화를 통해 사건이 제시되고 플롯이 진행되기 때문에, 인물이 차지하는 의미는 매우 크다. 즉, 인물의 성격이 작품 내의 모든 결과를 초래하는 직접적인 원인이 된다.

돈키호테형은 희극의 대표적인 인간형이며 외향적 성격과 공상가적인 성격을 지닌다. 이상을 위해서 생명까지 버리고 목표를 향하여 돌진하는 실천형의 인물을 말한다. 햄릿형은 비극에 적당한 인간형으로 내향적 성격을 지닌 지적 인물로, 예민한 성격을 갖고 있으나 결단력이나 실천력이 없는 비관적인 인물을 말한다.

2) 희곡의 구성

(1) 희곡의 종류

희곡의 종류는 길이에 따라 단막극과 장막극으로 나눈다. 단막극은 하나의 작품이 하나의 막으로 구성되어 있으며, 장막극을 두 개 이상의 막으로 이루어진 희곡이다. 희곡의 원형은 5막으로 구성되는 것이다. 희곡은 내용에 따라 비극, 희극, 희비극, 소극, 멜로드라마, 모노드라마 등으로 나눈다. 비극은 비범한 주동인물이 운명이나 성격 그리고 상황에 의해 비극적으로 좌절하거나 패배하는 내용을 다룬다. 고대 그리스의 연극에서 출발하여 오랜 전통을 가진 유형으로 엄숙하고 진지하며 긴장이 고조된다. 위대한 주인공이 좌절하고 파멸할 때 연민을 느끼고 그로 인해 카타르시스를 느끼게 된다고 아리스토텔레스가 그의 『시학』에서 말했다. 소포클레스의 『오이디푸스 왕』, 셰익스피어의 『햄릿』 등은 비극에 속한다. 희극은 올바르지 않은 인간성이나 사회의 비리, 사회의 암면을 풍자나 해학으로 비판하며 행복한 결말로 끝난다. 희비극은 비극과 희극의 혼합 형태이며, 소극은 인물의 성격이 드러나지 않고 사건의 동기도 명확하지 않은, 단순히 우스운 일이나 우스꽝스러운 동작이 주를 이룬다. 멜로드라마는 인생이나 삶을 대하는 자세가 진지하지 않고 관객의 재미를 위해 쓴 통속극이고, 모노드라마는 1인극이다.

(2) 희곡의 구성

희곡 구성의 원형은 5막으로 발단, 상승, 정점, 하강, 대단원의 피라미드 구조로 되어 있다. 발단은 극의 도입이며 극에서 플롯의 실마리가 나타나는 부분이다. 등장인물 소개 및 앞으로 일어날 사건이 제시된다. 갈등과 분규도 내포되어야 한다. 상승은 발단에서 제시된 사건이 복잡해지고 갈등과 분규를 일으켜 긴장과 흥분이 고조되는 부분이다. 극적 행동의 상승 부분이며 갈등이 정점까지 고조되어 올라가는 중간단계에 속한다. 정점은 전환점이라고도 하며, 인물들의 대결과 행동이 극에 달한 지점이다. 하강은 정점을 지나서 극의 해결을 향해 나아가는 부분이다. 관객의 예상을 뒤엎은 반전이 있어야 극적 효과를 더욱 높일 수 있다. 하강이라는 말은 극적 효과가 하강하는 것이 아니라 주동인물의 운명이 역전되어 하강한다는 의미이다. 대단원은 인물들의 갈등과 투쟁이 모두 해소되어 결말을 맺는 부분으로, 비극에서는 주인공과 등장인물의 죽음으로 표현된다. 관객은 정점으로부터 하강을 거쳐 대단원에 이르는 동안 카타르시스를 체험한다.

(3) 희곡의 언어

희곡은 소설에 비해 대사가 차지하는 비중이 절대적이라고 할 수 있다. 그리고 대사가 의미하는 바가 크다. 희곡에서의 대사는 대화를 의미하는데, 독백이나 방백이 사용되기도 한다. 희곡의 언어는 크게 지문과 대사로 되어 있다.

① 무대지시문

일반적으로 지문이라고 부르는 것이 바로 무대지시문이다. 무대지시문은 등장인물과 분위기에 대한 정보를 마련해주고, 배우의 행동이 이루어지는 장소와 출, 퇴장의 장소 등이 제시된다. 대사에 의해 이루어지는 부분을 제외하고는 무대 위에서 이루어지는 모든 일에 대한 지시가 무대지시문에 의해 이루어지는 것이다.

② 대사

인물의 성격을 창조하면서 사건을 발전시키는 계기를 내포하고 있다.

등장인물의 성격을 나타내고 플롯을 진행시킨다.

③ 독백

독백은 홀로 말하는 것으로, 독백의 대사는 관객에게 충분히 전달될 수 있도록 큰 소리로 말해야 한다.

④ 방백

화자가 관객이나 무대 위 배우 중 몇 사람만 선택하여 말하는 것이다. 상대역에게는 들리지 않는 것으로 가정하고 지껄이는 독백이다.

(4) 희곡의 삼일치론

희곡 구성상 중요한 법칙으로 사건의 일치, 시간의 일치, 장소의 일치가 있다. 사건의 일치는 사건이나 인물의 행동이 작가의 의도나 주제에 일치해야 되는 것을 말하고, 시간의 일치는 무대 위에서 공연되는 연극의 시간을 제한하는 것이다. 장소의 일치는 작품의 구성이 면밀해도 장면의 변화가 자주 나타나면 산만해지고 실패하기 쉽기 때문에 요구되었다. 오늘날에는 사건의 일치만을 제외한 시간과 장소의 일치는 무시되고 있다.

3. 희곡 작품 읽기

봄이 오면 산에 들에

최인훈

앞의 줄거리 : 무더운 여름, 깊은 산골 마을의 처녀 달내가 김을 매며
　　　　매미소리를 듣는데 총각 바우가 다가온다. 바우는 봄이면 먼 곳
　　　　으로 가서 성을 쌓을 사람을 뽑으니 가을에 결혼하자고 한다.
　　　　달내는 대답을 하지 않고, 바우가 달내를 잡고 이끌자 달내가
　　　　뿌리친다. 달내는 바가지처럼 생긴 굴로 들어가 어미가 해주던
　　　　문둥이에게 놀란 소금장수 이야기를 떠올린다. 아비와 달내가
　　　　있는 집 문 밖에서 목쉰 여자가 문을 열어달라고 한다. 달내는
　　　　엄마같다며 문을 열어주자고 하지만 아비는 죽은 사람이라며
　　　　열어주지 않는다. 다음 날, 포교가 와서 사또가 달내를 후첩으
　　　　로 생각하고 있다며 시집보낼 준비를 하라고 하지만 아비는 아
　　　　무 말이 없다. 이때 바우가 나타난다.

바우 : 나으리가 웬일루……

아무도 대답 않는다.

딸 뒤뜰로 돌아간다.

바우 : 저 ……마을 사람들 얘기가

아비 : (바우를 처음 똑바로 보며) ……

바우 : ……정말인가요?

아비 : 무, 무, 무, 무슨……

바우 : 사또가……

아비 : (끄덕인다)

바우 : (풀썩 주저앉는다)

산등성이를 타고 넘는

바람소리

쿵, 하고

눈사태가

어디선가

내려앉는 소리, 그리고 그 메아리

아비 : (천천히 고개를 들며) 다, 다, 다, 다, 다, 다

바우 : ……?……

아비 : 다, 다, 다, 다

바우 : ……?……

아비 : 달아나

바우 : (벼락맞은 사람처럼 멍하고)……

아비 : 내, 내, 내, 내일 바, 바, 밤에(달래 뒤뜰에서 나오다가 멎는다)

아비 천천히 일어서서 딸을 향해 선다.

캄캄한 무대

바람소리

먼데서

겨울 밤의

산속의

한참 듣고 있노라면

이쪽 넋이 옮아가는지

마음에 바람이 옮아앉는지

가릴 수 없이 돼가면서

흐느끼듯

울부짖듯

어느 바위 모서리에

부딪쳐

피흘리며 한숨쉬듯

울부짖는 그 겨울 밤의

바람소리

(차츰 밝아지면)

(…중략…)

아비 : 내, 내, 내, 내일, 머, 머, 먼 길을 갈 텐데……이, 이, 이, 인제,
　　　자, 자, 자자

달내 : ……

아비 : ……(주섬주섬하더니) 이, 이, 이, 이것 (딸에게 쥐어준다)

달내 : 비녀

아비 : ……

달내 : 엄마가, 이 비녀 질렀을 땐……

아비 : (끄덕인다)

달내 : 엄마는……그렇게 이뻤는데……

아비 : 뒤, 뒤, 뒤, 뒀다가, 너, 너, 너, 너를, 주, 주, 주, 준다구……

달내 : (비녀를 두 손으로 가슴에 품고)……

아비 : 너, 너, 너, 너만, 어, 어, 어디, 가, 가, 가, 가선, ……자, 자, 자,
　　　잘, 사, 사, 살면……

달내 : 잘

아비 : 어, 어, 어, 엄마는, 기, 기, 기, 기뻐, 하, 하, 하, 하, 할, 거야

달내 : 아버지, ……잘 살자구 나, 나가는 것 아니야.

아비 : ……?……왜?

달내 : 가라구 하니깐, ……아버지가 가라구 하니깐

다음 줄거리 : 그날 밤 달내는 꿈에서 어릴 적 산불이 났을 때 구해주
　　　었던 화상으로 조막손이 된 엄마의 모습을 떠올리고는 엄마를
　　　두고 못 간다고 한다. 그러나 아비는 잊어버리라며 달랜다. 이
　　　때 달내를 부르는 여자의 목소리가 들리고 달내는 엄마라며, 아
　　　비의 손을 뿌리치고 일어나 뛰쳐나간다. 무대가 바뀌고 머리에
　　　수건 쓴 사내 하나와 여자 둘이 앉은걸음으로 김을 매면서 무대
　　　로 내려온다. 그들의 얼굴엔 문둥이 탈이 씌워져 있다.

1) 연극 감상문 쓰는 법

연극은 무대장치, 조명, 음향, 분장, 의상, 연기, 동작선 등 다양한 부분을 보고 의미를 읽어내야 하기 때문에 연극을 보고 감상문을 쓰기가 쉽지는 않다. 그리고 소설이나 시처럼 다시 장면을 볼 수 있는 것이 아닌 순간예술이어서 지나간 장면을 되살려 볼 수가 없고, 감상한 사람의 기억력에 의존할 수밖에 없다. 그렇기 때문에 감상문을 쓸 때에는 관람한 연극에 대하여 사색하는 태도가 필요하다. 연극 감상을 할 때 몇 가지 고려할 사항을 생각해보고 감상문 쓰는 요령을 생각해보자.

2) 연극 감상 시 고려할 사항

• 연극을 만든 사람과 극단, 단체, 제작자, 연출 등에 대한 지식을 갖는다.
• 출연 배우는 누구이며, 그 배우의 역할은 무엇인가?
• 줄거리를 파악하며 연극을 실제로 관람한다.
• 주제는 무엇인가 전체적인 내용 가운데 인상 깊은 것을 메모하며 관람한다.
• 연극을 관람한 후의 느낌을 구체적으로 써본다.
• 연극 감상은 본인에게 어떤 의미를 주며 체험과 어떤 연관이 있는가?

3) 감상문 쓰는 요령

• 평론과 같은 방식으로 쓴다.

- 독창적인 시각을 가지고 보고 느낀 대로 쓴다.
- 연극에 관한 자료를 참고하되 인용하는 것은 지양한다.
- 연극을 공연하거나 연출한 관계자들과 인터뷰를 하여 객관성을 확보한다.
- 본인이 알고 있는 문화에 대한 지식을 동원하여 글을 구성한다.
- 수집한 객관적인 자료들을 참고로 자신만의 독특한 시각으로 서술한다.
- 연극을 관람하기까지의 과정과 공연장의 풍경 등 주변적인 것도 곁들인다.
- 3단 구성이나 4단 구성을 선택하여 쓰는 게 무난하다.

■■■ 연구 문제

1. 최인훈의 희곡 『봄이 오면 산에 들에』 전문을 읽고, 이 작품에서 말더듬이
   는 어떤 계층을 의미하는지 그리고 마지막 장면의 의미와 그것을 통해 작
   가가 말하고자 하는 것은 무엇인지 분석하라.

2. 소포클레스의 『오이디푸스 대왕』을 읽고 감상문을 써라.

3. 연극 한 편을 감상하고 감상문을 써라.

제6장

수필의 이해

1. 수필이란 무엇인가

1) 수필의 개념

수필은 형식에 묶이지 않고 보고 듣고 느끼고 체험하고 생각한 것을 생각나는 대로 자유롭게 쓰는 산문 형식의 글이다. 흔히 붓 가는 대로 쓴 글이라고 하는 것의 의미는 그 형식의 자유로움을 말하는 것이다. 수필은 제한이나 구속성이 적고 다양한 소재와 자유로운 사고에 바탕을 둔다. 붓 가는 대로 쓰는 글이라고 해서 아무렇게나 낙서처럼 끄적거려 놓은 글을 수필이라고 할 수는 없다. 문학성과 예술성은 물론 수필로서 갖추어야 할 요소가 결여되지 않아야 한다. 다음 예문을 보며 수필의 특성을 이해해보자.

[예문 1]

수필은 청자(靑瓷) 연적이다. 수필은 난(蘭)이요, 학(鶴)이요, 청초하고 몸맵시 날렵한 여인이다. 수필은 그 여인이 걸어가는 숲속으로 난 평탄하고 고요한 길이다. 수필은 가로수 늘어진 페이브먼트가 될 수도 있다. 그러나 그

길은 깨끗하고 사람이 적게 다니는 주택가에 있다.

수필은 청춘의 글이 아니요, 서른여섯 살 중년 고개를 넘어선 사람의 글이며, 정열이나 심오한 지성을 내포한 문학이 아니요, 그저 수필가가 쓴 단순한 글이다.

수필은 흥미는 주지마는 읽는 사람을 흥분시키지는 아니한다. 수필은 마음의 산책(散策)이다. 그 속에는 인생의 향취와 여운이 숨어 있는 것이다.

– 피천득, 「수필」 중에서

[예문 2]

수필이란 글자 그대로 붓 가는 대로 써지는 글이다. 그러므로 다른 문학보다 더 개성적이며 심경적이며 경험적이다. 우리는 오늘까지의 위대한 수필문학이 그 어느 것이나 비록 객관적 사실을 다룬 것이라 할지라도 심경에 부딪치지 않은 것을 보지 못했다. 강렬하게 짜내는 심경적이라기보다 자연히 유로되는 심경적인 점에 그 특징이 있다. 이 점에서 수필은 시에 가깝다. 그러나 시 그것은 아니다. (…중략…)

문학의 형식에서 보면 수필에는 소설이나 시나 희곡에서 보는 바와 같은 어떤 완성된 폼이 없다. 단편소설을 제작하려면 적어도 에드거 앨런 포우나 안톤 체홉이나 혹은 모파상에게 잠시라도 사숙하여야 하겠고, 시나 희곡을 지으려면 괴테나 셰익스피어나 혹은 입센 등에게서 그 완성된 폼을, 비록 모델로 삼지 않는다 할지라도 한번 살펴볼 아량쯤은 있어야 하겠지만, 수필에 있어서는 그 형식을 구하거나 참고하려고 찰스 램이나 해즐리트를 찾을 필요성까지는 없을 것 같다.

– 김광섭, 「수필문학소고」 중에서

2) 수필의 특징

(1) 주제가 직접적으로 드러난다

소설이나 시 그리고 희곡이 인물이나 이미지 그리고 행동을 통해 그 주제를 간접적으로 제시한다면 수필은 직접적으로 제시한다. 작가가 독자를 앞에 놓고 조곤조곤 이야기하듯 내용을 말해준다. 그래서 어느 문학 형식보다 친숙하고 친밀하며 자연스럽게 읽히는 것 같다.

(2) 무형식의 형식이다

수필은 특별한 형식이 없이 자유롭다. 이것은 정해진 규범이 없다는 의미이기도 하다. 그렇다고 해서 짜임이 멋대로인 글이 아니다. 형식을 따르지 않는데도 질서가 있고 어그러지지 않은 정갈함을 갖고 있다.

그러므로 수필의 형식은 다양하다. 편지글, 일기, 감상문, 평론, 전기문 등의 글이 모두 수필의 범주에 들어갈 수 있는 것이다.

글을 쓰는 방식에 있어서도 서사, 묘사, 설명, 논증이 모두 쓰일 수 있다.

(3) 수필의 제재와 소재가 다양하다

수필은 제재가 다양하고 광범위하여 인생이나 자연 등 세상의 무엇이나 다 소재가 될 수 있는 문학이다.

(4) 개성적이며 자기고백적인 글이다

수필은 작가의 심정, 개성, 취미, 지식과 이상, 인생관 등이 생생하고 적나라하게 드러나는 심경의 나상을 그린 글이다. 글의 서술은 일인칭으로 하여 경험을 토대로 작가가 자기 생활을 그려내는 글이다.

(5) 심미적이며 철학적인 글이다

수필은 작가의 심미적 안목과 철학적 사색의 깊이가 드러나는 글이다.

(6) 유머와 위트 그리고 비평문학이다

수필은 단순한 생활의 기록이나 객관적 진리의 서술이어서는 문학으로서의 가치를 갖지 못한다. 그것을 통해 삶의 의미가 드러나야 한다. 또 유머와 위트가 있어야 하며, 냉철한 비평정신이 깃들어야 한다.

(7) 비전문적인 문학이다

수필은 초등학생부터 어른까지 누구나 쓸 수 있는 비전문적인 글이다. 그러나 사물에 대한 깊은 통찰력과 개성이 드러나야만 한다.

3) 수필의 종류

수필의 종류는 경수필과 중수필로 나눈다.

(1) 경수필

경수필은 신변잡기나 각종 감상문 등으로 가볍게 쓴 글로, 감성적, 주관적 성격을 지니며 주제보다 사색이 주가 되는 서정적 수필이다. 비정격 또는 비격식수필이라고도 하며 가벼운 주제를 다룬다. 각종 감상문, 일기, 편지글, 기행문, 전기문, 수기, 회고록, 생활문 등이다.

(2) 중수필

중수필은 지성적이고 객관적인 성격을 지니는 비평적인 글이다. 논리적이며 지적인 문장으로 쓰인다. 정격 또는 격식수필로 무거운 주제를 다룬다. 교육사상가, 수필전문가, 학자 등이 쓰는 글로, 소논문, 논설문, 칼럼, 사설 등이 여기에 속한다.

2. 수필 작품 읽기

그믐달

나도향

나는 그믐달을 몹시 사랑한다.

그믐달은 요염하여 감히 손을 댈 수도 없고, 말을 붙일 수도 없이 깜찍하게 예쁜 계집 같은 달인 동시에 가슴이 저리고 쓰리도록 가련한 달이다.

서산 위에 잠깐 나타났다 숨어 버리는 초생달은 세상을 후려 삼키려는 독부가 아니면 철모르는 처녀 같은 달이지마는, 그믐달은 세상의 갖은 풍상을 다 겪고, 나중에는 그 무슨 원한을 품고서 애처롭게 쓰러지는 원부와 같이 애절하고 애절한 맛이 있다.

보름에 둥근 달은 모든 영화와 끝없는 숭배를 받는 여왕과 같은 달이지마는, 그믐달은 애인을 잃고 쫓겨남을 당한 공주와 같은 달이다.

초생달이나 보름달은 보는 이가 많지마는, 그믐달은 보는 이가 적어 그만큼 외로운 달이다. 객창한등에 정든 임 그리워 잠 못 들어 하는 분이나, 못 견디게 쓰린 가슴을 움켜잡은 무슨 한 있는 사람이 아니면, 그 달을 보아 주는 이가 별로 없을 것이다.

그는 고요한 꿈나라에서 평화롭게 잠들은 세상을 저주하며, 홀로이 머리를 풀어뜨리고 우는 청상 같은 달이다. 내 눈에는 초생달 빛은 따뜻한 황금빛에 날카로운 쇳소리가 나는 듯하고, 보름달은 치어다보면 하얀 얼굴이 언제든지 웃는 듯하지마는, 그믐달은 공중에서 번듯하는 날카로운 비수와 같이 푸른빛이 있어 보인다. 내가 한 있는 사람이 되어서 그러한지는 모르겠지마는, 내가 그 달을 많이 보고 또 보기를 원하지만, 그 달은 한 있는 사람만 보아주는 것이 아니라, 늦게 들어가는 술주정꾼과 노름하다 오줌 누러 나온 사람도 보고, 어떤 때는 도둑놈도 보는 것이다.

어떻든지, 그믐달은 가장 정 있는 사람이 보는 중에, 또는 가장 한 있는 사람이 보아주고, 또 가장 무정한 사람이 보는 동시에 가장 무서운 사람들이 많이 보아 준다.

내가 만일 여자로 태어날 수 있다 하면, 그믐달 같은 여자로 태어나고 싶다.

바보네 가게

박연구

우리 집 근처에는 식료품 가게가 두 군데 있다. 그런데 유독 바보네 가게로만 손님이 몰렸다. '바보네 가게'…… 어쩐지 이름이 좋았다. 그 가게에서 물건을 사면 쌀 것 같이만 생각되었다. 말하자면 깍쟁이 같은 인상이 없기에, 똑같은 값을 주고 샀을지라도 싸게 산 듯한 기분을 맛 볼수 있었다. 나는 아내에게서 어째서 '바보네 가게'라고 부르는가 하고 물어보았다. 지금 가게 주인보다 먼저 있었던 주인의 집에 바보가 있었기때문에 다들 그렇게 부르는데 지금 가게 주인 역시 싫지 않게 여기고 있다는 것이다. 그 집에서는 콩나물 같은 것은 하나도 이를 보지 않고 딴가게보다 훨씬 싸게 주어버려 다른 물건도 으레 싸게 팔겠거니 싶은 인상을 주고 있다는 거다.

어느 작가의 단편 「상지대(商地帶)」의 이야기가 생각난다. 똑같은 규모의 두 가게가 마주 대하고 있는데, 계산에 밝은 인상의 똑똑한 주인의 가게는 파리만 날리고 바보스럽게 보이는 주인의 가게는 손님이 많아 장사가 잘 되었다. 도대체 이유는 무엇일까. 바보주인의 상술인즉 이러했다. 일부러 말도 바보스럽게 하면서 행동을 하면 손님들이 멍텅구리라 물건을 싸게 주겠거니 하고 모여든다는 것이다.

사람마다 자기가 똑똑하다고 인식할 때 매우 만족스럽게 생각을 한다는 심리를 역으로 이용한 거다. 바보와 비슷한 이름이 여러 개 있다. '멍텅구리 상점', '돼지 저금통', '곰 선생' …… 이 얼마나 구수하고 미소를 자아내게 하는 이름이냐. 멍텅구리 상점은 바보네 가게와 이름이 비슷하니 설명을 생략하고, 돼지 저금통, 곰 선생 얘기를 해 보자.

우리 집에는 돼지 저금통이 몇 개 있다. 돼지꿈을 꾸면 재수가 좋다는 말도 있듯이 집에서도 남자들을 애칭으로 '돼지'라고 부르는 것을 볼 수가 있다. 돼지는 아무것이나 잘 먹는 소탈한 성품이어서 자손이 귀한 집 아들 이름을 돼지라고 하는 수가 있다. 우리 아이들은 내가 신발 닦는 값이라도 주면 눈꼬리가 길게 웃고 있는 돼지 저금통 안에 넣어주지 않을 도리가 없는 모양이다. 내 아내도 50원짜리 은전을 꼭꼭 자기 저금통에 넣어오고 있다. 그래서 나는 50원짜리 은전이 생기면 퇴근 후에 웃옷을 받아 드는 아내의 손바닥에 한 닢 혹은 두 닢을 놓아주는 것이 하나의 즐거움이 되었다.

돼지를 미련한 짐승으로 보지만 그렇지만도 않다. 우악스럽게 기운이 쎈 멧돼지가 힘을 내면 호랑이도 잡는다. 아무리 영악스런 호랑이지만 멧돼지가 어느 순간을 보아 큰 나무나 바위에 대고 힘대로 밀어대면 영락없이 호랑이는 죽고 만다. 바보스런 웃음으로 우리 아이들과 내 아내는 은전을 주는 대로 삼키는 돼지 저금통이 어느 땐가 위력을 부리면 급병이 난 친구들을 구해 줄 것이라고 믿어줄 때 더 없이 애착이 간다.

(…하략…)

백화제방(百花齊放). 돌나물

5월 18일. 야탑천의 야탑10교 근처에는 돌나물도 많이 보였다. 돌 틈이나 돌 위에서도 잘 자란다고 하여 '돌나물'이라 하고, 한자명으로는 석상채(石上菜)라고 부른다.

사람이 죽은 후에 심판을 받아야 하는 저승사자 앞에 나아가면, 저승사자가 묻는다.

"석상채 몇 잎이나 먹고 왔느냐?"

우리는 이 물음에서, 그 물음 자체가 '먹었음'에 긍정적 가치를 부여하고 있을 것이라는 느낌을 받는다. 세 잎 이상 먹었다고 대답하면 좋은 곳으로 보내주었다는 전설이 있다. 그러하니 부디 돌나물을 많이많이 먹을 일이다. 어디를 가나 쉽게 만나볼 수 있는 돌나물이니 먹으려고 마음만 먹으면 얼마든지 대량으로 먹을 수 있지 않은가?

돌나물은 한국이 원산지로서 산과 들 어디서나 잘 자란다. 줄기는 땅에 바짝 붙어서 옆으로 계속 뻗어나가는데, 그 줄기의 마디마디에서 뿌리를 내리며 쉽게 번식한다. 뽑아서 아무 데나 버려두어도 다시 살아날 정도로 번식력이 매우 강하다. 심지어는 식물 표본을 만들려고 신문지에 넣어 둔 채, 한 달이 지났을 때에도 새싹을 낼 정도로 건조함에도 잘 견디는 생명력이 아주 강한 여러해살이풀이다. 돋나물, 돗나물, 돈나물이라고도 하는데, 이는 '돌+ㅅ(사이시옷)+나물'에서 변하여 '돈나물'이 되고 이것이 '돗나물', '돈나물'로 변한 말들이다.

키가 크지 않고 옆으로만 퍼지는 모습을 두고, 누워서 하늘을 구경하

문학과 글

158

는 풀이라는 뜻으로 '와경천초(臥景天草)'라는 멋진 이름으로 불리기도 하고, 잎 모습이 연꽃잎과 닮았다 하여 돌에 피어나는 연꽃이라는 의미로 '석련화(石蓮花)'라는 이름도 얻었다. 화분에 심어두면 수양(垂楊)버들처럼 줄기가 늘어진다고 해서 '수분초(垂盆草)'라고 불리기도 했다. 그런가 하면 옛날에 불교를 박해하는 사람들에 의하여 어느 절 하나가 몽땅 불타 버렸을 때, 그 절터 마당에 부처님의 목이 달아난 무두불(無頭佛)이 뒹굴고 있어 어느 스님이 그 불상을 돌무더기 속에 숨겨 두었는데, 돌을 좋아하는 돌나물이 그 불상 전체를 뒤덮고 자라서 그 모양이 마치 부처님이 황금 갑옷을 입고 있는 듯하여 불갑초(佛甲草)라는 이름으로 불리기도 하였단다. 그 이외에도 수많은 별모양의 노란 꽃이 마치 불꽃처럼 하늘을 치솟아 오르는 모습이라서 화건초(火建草), 꽃잎 하나하나는 손톱 모양을 닮은데다가 꽃잎도 다섯 손가락처럼 5장이라서 석지갑(石指甲) 또는 불지갑(佛指甲)이라는 생약명으로도 불린다. 손톱을 한자어로는 지갑(指甲) 또는 조갑(爪甲)이라고 하는 까닭이다. 꽃잎은 세 장씩 돌려나며 긴 타원 모양이고 도톰하며 가장자리가 밋밋하다. 꽃은 5~6월에 핀다. 꽃은 먼저 꽃대 끝에 한 개의 꽃이 피고, 바로 그 꽃 밑에서 또 각각 한 쌍씩의 작은 꽃자루가 나와 그 주위의 가지 끝에 다시 꽃이 피고, 거기서 다시 가지가 갈라져 그 끝에 꽃이 한 송이씩 달리는 취산꽃차례(취산화서[聚散花序])로 피어난다.

바위채송화와 비슷한 모양이기는 하지만, 바위채송화는 꽃잎이 어긋나게 피는 데 비하여, 돌나물은 돌려가면서 나는 점이 커다란 차이점이다. 바위채송화는 고산(高山)의 바위를 노랗게 물들이는 꽃으로, 돌나물보다 약간 길게 올라가는 줄기와 잎의 모습이 채송화와 많이 닮았고, 꽃은 돌나물보다 약간 늦게 7~9월에 핀다.

돌나물은 독특한 향미(香味)가 있어서 이른 봄철에 어린 줄기와 잎으로 물김치를 담가 먹거나 어린 순을 나물로 무쳐 먹는다. 물김치는 아삭아삭 소리만 들어도 상쾌하다. 상추쌈을 먹을 때에 돌나물 줄기 몇 개를 넣어서 먹으면 그 상큼한 향미로 하여 맛있는 쌈을 먹을 수가 있다. 따라서 돌나물을 채소로 가꾸어도 좋다. 한 번 심으면 주변에 조금씩 계속 번식하여 가는데, 너무 밀생(密生)하지 않도록 솎아주는 일이 필요하다. 밀생하게 되면 바람이 잘 통하지 못하기 때문에 물러지기도 하기 때문이다. 게다가 일부만 남겨 두고 꽃대도 제거를 해 주는 것이 좋다. 그러면 얼마 후 연한 새순이 계속 이어져 나올 것이다. 또 한 가지 주의할 점은 돌나물이 있는 곳에는 달팽이가 살기 쉬운데 놈들이 돌나물을 무척이나 좋아해서 그냥 두면 그만 다 먹어버릴 수도 있으니, 잘 살펴서 잡아주어야 한다. 그런 점에만 유의하면 봄부터 가을까지 수시로 뜯어 먹을 수 있는 아주 유용한 채소라고 할 수가 있다. 돌나물에는 비타민 C가 풍부하여 피로회복에도 효과가 있으며 간염, 간경화와 신장 치료에 그 생즙을 마시면 효과가 있다. 또한 피를 맑게 하며 체내의 독소를 제거하는 성분이 함유되어 있는데다가 식중독과 각종 균을 제거하는 데에도 효과가 탁월하다. 그런가 하면, 우유보다 2배 정도의 많은 칼슘이 함유되어 있어 골다공증에도 좋다. 해독 성분이 들어 있어 종기가 난 곳이나 불과 뜨거운 물에 데었을 때, 또는 독충이나 뱀에 물렸을 때에는 짓찧어서 환부에 붙이기도 한다. 수분 함량이 수박보다도 많아 피부가 건조하거나 평소 수분 섭취가 부족한 사람에게 도움이 되기도 한다.

돌나물 사과 샐러드, 돌나물 참치 샐러드도 별미라고 할 수가 있고, 나처럼 술을 좋아하는 사람은 돌나물 술을 담가 마셔도 좋다. 돌나물을 깨끗이 씻어 물기를 제거한 후 또는 말린 다음 돌나물의 2~3배가량 담금주를 붓고 최소 3~4개월 이상 숙성시킨 뒤 마시면 된다.

　꽃말은 그 강한 생명력과 **빽빽**하게 피어나는 꽃 모양 때문에 생겼을 것으로 보이는 '근면'이다.

3. 수필 창작 방법

1) 수필을 쓰려면

수필 쓰기는 삶의 일상에 시선을 돌려 처음부터 거창한 주제나 소재로 쓰지 말고 일상에서 겪는 생활 체험을 쓴다. 예를 들어 소풍 가는 날 있었던 일, 공원에서 만난 사람, 설날 지낸 이야기 등의 가볍고 접근하기 쉬운 글감으로 써야 한다. 무엇보다 글을 솔직하게 쓰려는 태도를 가져야 한다. 체험하지도 않은 사실을 꾸미려 하면 글이 써지지 않는다. 수필은 허구를 다루는 게 아니기 때문에 솔직하게 써야 한다. 그리고 명문이나 미문을 쓰려는 욕심을 갖지 않는다. 명문이나 미문의식은 실속 없는 글이 되게 한다. 소박하면서 진솔한 글이 수필 쓰기의 첫걸음이 된다는 사실을 잊어서는 안 된다.

수필은 한 편의 글이나 한 단락에 하나의 주제나 소주제를 담는 짧은 형식의 산문이다. 한 편의 글이나 한 문단 안에 너무 많은 내용을 담으려고 하지 말아야 한다. 그렇지 않으면 주제가 흐트러지고 결국에는 무슨 말을 하려고 하는지 종잡을 수 없게 된다.

수필을 잘 쓰려면 일기 쓰기와 같이 글쓰기를 생활화한다. 일기는 좋은 수필문학을 싹틔울 수 있는 텃밭이다. 하루 동안 인상 깊었던 사건을 간략히 기록한 후 그에 대한 감상을 덧붙여 본다면 좋은 수필이 될 수 있다. 그리고 사물의 다양한 면을 보려고 노력한다. 보잘것없어 보이는 사물이라도 모두 쓸모나 존재 가치를 지니고 있다. 입장을 바꾸어 생각해 본다면, 평소에 깨닫지 못하던 새로운 면이 보일 것이다.

문학작품은 교훈과 감동이 있는 글이어야 하지만 억지로 감동이나 교훈을 주려고 하면 안 된다. 억지로 감동이나 교훈을 주려고 하면 역효과가 난다. 문장은 수식을 적게 하고 내용은 진솔하게 쓰며, 위트와 재치가 드러나면 효과적이다.

수필을 쓰기 위해서는 감동적이거나 인상 깊은 것은 항상 메모하는 습관을 가져서 삶의 순간순간에서 의미 있는 소중한 것들을 놓치지 않아야 한다.

2) 수필의 구성

(1) 3단 구성

서두, 본문, 결말의 형식으로 쓰는 것이다. 사설이나 칼럼 등 중수필(重隨筆)의 경우에 많이 쓰인다.

(2) 4단 구성

기승전결의 방식으로 경수필(輕隨筆)의 경우에 많이 쓰인다. 시작, 펼침, 전환, 결말로 쓰는 방법이다.

(3) 자유 구성

작가의 개성에 따라 일정한 틀이 없이 짜인 구성이다. 경수필에 많이 쓰이는 구성방법이다.

3) 수필의 짜임

수필의 짜임은 직렬적, 병렬적, 혼합적 짜임이 있는데, 직렬적인 것은 인과(因果)나 시간적 순서, 공간적 순서 등의 유기적인 관계에 놓이는 짜임이다. 그리고 병렬적인 것은 유기적 관계가 없이 독자적으로 존재하면서 주제를 드러내는 짜임이다. 혼합적인 것은 직렬 구성과 병렬 구성이 혼합되어 있는 짜임이다. 다음 수필은 어떠한 짜임에 의한 것인지 생각해보자.

초행의 낯선 어느 시골 주막에서의 하룻밤. 시냇물이 졸졸 흐르는 소리. 곁방문이 열리고 소곤거리는 음성과 함께 낡아빠진 헌 시계가 새벽 한 시를 둔탁하게 치는 소리가 들릴 때. 그때 당신은 불현듯 일말의 애수를 느끼게 되리라.
날아가는 한 마리 해오라기. 추수가 지난 후의 텅빈 논과 밭. 술에 취한 여인의 모습. 어린 시절 살던 조그만 마을을 다시 찾았을 때. 그곳에는 이미 아무도 당신을 알아보는 이 없고, 일찌기 뛰놀던 놀이터에는 거만한 붉은 집들이 들어서 있는데다 당신이 살던 집에서는 낯선 이의 얼굴이 내다보고, 왕자

처럼 경이롭던 아카시아 숲도 이미 베어 없어지고 말았을 때. 이 모든 것은
우리의 마음을 슬프게 하는 것이다.

– 안톤 슈나크, 「우리를 슬프게 하는 것들」 중에서

4) 수필 쓰기의 실제

(1) 서두 쓰기

서두 쓰기는 글의 내용, 방법 등을 밝히고, 글의 주제나 관련 화제를
직접 제시한다. 그리고 독자의 주의를 집중시키는 방법으로 인용, 예화,
경험을 활용한다. 그리고 쓰고자 하는 대상의 뜻을 정의하는 것으로 시
작하기도 한다.

(2) 본문 쓰기

본문 쓰기는 개요에 따라 글을 전개하는 것으로, 단락의 소주제문을
충분히 뒷받침하는 문장으로 구성한다. 그리고 접속 어구에 유의하여 단
락과 단락이 매끄럽게 한다. 실제의 내용을 쓰는 부분으로 한 편의 글에
서 대부분을 차지하게 된다. 다섯 단락 정도의 글이라면 세 개의 단락은
본문에 해당한다고 볼 수 있다.

(3) 결말 쓰기

결말 쓰기는 본문을 요약하고 보충하는 것으로, 남은 과제나 전망을
제시한다. 그리고 암시나 여운을 남기게 되는 부분이다. 이 부분에 대부

분 전체 글에 대한 의미가 부여되는데, 이것을 의미화 과정이라고 한다. 체험이나 견문이 수필이 될 수 있는 것은 의미화 과정을 통해 글이 철학적이면서 교훈적인 주제로 거듭나기 때문이다. 사실과 느낌을 열거하는 것으로는 품격 있는 수필이 되기 어려우므로 의미화가 필요하다.

(4) 고쳐 쓰기

글이 좋은 글이 될 수 있는 데에는 고쳐 쓰기가 많은 부분을 차지한다. 쉽게 완벽한 글을 쓰기는 불가능하다. 그렇기 때문에 여러 차례의 고쳐 쓰기가 필요하다. 고쳐 쓰기는 불필요하거나 지나친 부분은 줄이고 과장이 심한 부분을 삭제하는 삭제의 원칙과 미비한 부분, 빠뜨린 부분을 첨가하거나 보충하는 부가의 원칙, 글의 순서를 바꾸어 표현의 효과를 높이는 재구성의 원칙이 있다. 고쳐 쓰기 즉, 퇴고의 단계는 전체의 글의 퇴고 → 단락 수준의 퇴고 → 문장 수준의 퇴고 → 단어 수준의 퇴고로 이루어진다.

1. 수필의 특성을 정리하고 경수필과 중수필이 어떻게 다른지 설명하라.

2. 교재에 수록된 수필을 읽고 감상해보자.

3. 주제를 하나 정하여 수필 한 편을 써보자.

제7장

한국 현대문학의 흐름

1. 개화기~해방 전까지

1) 개화기

문학작품은 역사가 변화하는 것에 따라 당대 사람들의 삶과 이상을 반영하면서 변화하고 또 발전한다. 우리나라의 현대문학은 고전문학시대의 전통을 계승하면서, 서구의 문명과 문화를 받아들이는 과정을 통해 발전하였다. 그 과정 속에는 국권상실이라는 시대적 아픔을 겪고 그 아픔에 대응하면서 당대를 살아가는 우리 민족의 모습을 반영하면서 다양하게 전개되었다.

개화기는 갑오개혁(1894년)부터 경술국치(1910년)까지를 말한다. 이 시기는 봉건적 제도의 근본적 개혁으로 봉건사회에서 근대사회로 가는 분기점이다. 문학적으로는 고전시가양식과 근대시양식이 공존하는 시기였다. 고전시가양식은 선각자들이 국민 계몽을 위한 수단으로 사용하였다. 이 시기에는 개화가사와 개화시조, 창가 등이 발표되었다.

개화가사는 개화기에 만들어지고 발표된 한국 시가양식의 하나이다.

내용은 개항, 문명개화, 부국강병 등의 의지를 드러내고 있는데, 형태 면에서는 고전시가의 전통을 잇고 있다. 창가나 신체시보다 먼저 발표된 개화가사는 최초로 형성된 근대적 양식이라고 할 수 있다. 다음에 소개하는 시는 개화가사인 이종원의 「동심가」이다.

잠을 깨세, 잠을 깨세
사천 년이 꿈속이라.
만국이 회동하야
사해가 일가로다.
구구세절 다 버리고
상하 동심 동덕하세.
남의 부강 불어하고
근본 업시 회빈하랴.
범을 보고 개 그리고
봉을 보고 닭 그린다.
문명개화 ᄒ랴 ᄒ면
실샹 일이 데일이라.

— 이종원, 「동심가」 중에서

창가는 앞에 나타난 개화가사와 후에 나타난 신체시의 교량 역할을 한 시 형태이다. 창가는 기독교 찬송가 등의 서양 음악과 결합하여 만들어진 것으로, 전통적 율조에서 벗어나 다양한 율조를 취했다. 이는 전통적인 시가양식을 바탕으로 하여, 개항과 수용하게 된 서구의 악곡인 기독교 찬송가의 영향을 결합시킨 양식으로 볼 수 있다.

창가 다음에 나타난 신체시는 갑오경장 이후 옛날의 시가 아닌 서구적인 시 창작을 시도한 작품을 가리키는데, 새로운 형태로 쓰인 시라는 의미이다. 신체시는 전통시가 양식과 근대시를 연결하는 다리 역할을 했다. 최초의 신체시인 최남선의 「해에게서 소년에게」는 새 시대와 문명을 향한 포부, 계몽사상을 주된 내용으로 했다. 이 작품이 발표되고 최초의 근대시인 주요한의 「불놀이」가 발표될 때까지 약 10년간 많은 신체시가 발표되었다.

개화기의 소설은 신소설과 역사 전기 문학, 개작 번안 소설 등으로 이인직 「혈의 누」, 「모란봉」, 「은세계」, 이해조 「자유종」, 안국선 「금수회의록」 등이 있다. 이 가운데 이인직의 「혈의 누」는 신소설의 효시이다. 소설에 담은 사상이나 주제는 개화사상, 신문물 수용 권장, 계몽사상 고취, 자유연애, 여성의 사회참여 권장, 고전소설과 현대소설의 과도기적 역할, 구어체 사용, 시간의 역행 구성 등 현대소설기법 시도에는 한계가 있었다. 이 시대의 중요한 과제는 근대적 민족문학 수립과 이전의 우리 문학의 전통을 창조적으로 계승하면서 현대문학으로 전환하는 것이다.

2) 경술국치에서 1910년대

1910년 8월 29일 경술국치를 당하여 일제의 강점하에 놓이게 된다. 일제강점기가 시작되자 항일의식을 고취하여 3 · 1운동이 일어나고 항일의식을 표출하게 된다. 외형적으로는 새로운 문물이 수입, 근대 자본주의의 형태를 갖추기 시작하였다. 일제강점기였기 때문에 민족의 정신을 고취하여, 국문을 사용하여 창작하는 등 정신적인 면에서 일제에 대응하였다. 최남선에 의해 1908년 『소년』지가 창간되었고 이후로 많은 문학지가 창간되었다. 『소년』, 『청춘』과 같은 잡지를 통해 언문일치운동을 정착, 신진작가들을 발굴하였다.

1914년경 『학지광』, 『소년』, 『청춘』이 간행, 새로운 형식의 시 발표 공간이 확보되었고, 육당, 춘원, 소성, 소월(최승구), 김억 등이 근대시라는 새로운 양식이 뿌리를 내리는 데 초석을 이루었다. 이 시기의 시는 계몽적 신체시, 애국적인 시가, 독립군가 등이 주류를 이루었고, 평등사상을 기조로 한 새 시대의 전진적 개혁사상을 고취시켰다. 시의 형식은 전통적 율격을 부분적으로 계승하고 참조하면서도 새로운 시형을 이루었다.

이광수는 초기 단편 및 장편 『무정』을 통해 근대소설의 기틀을 마련하였다. 1910년대의 문학은 계몽적 이상주의를 표방하였으나 문학의 고유한 미의식은 성숙되지 못했다고 할 수 있다. 한국 최초의 근대 장편소설인 『무정』을 이광수가 발표했는데 자유연애와 계몽사상 고취를 주요 내용으로 하고 있다. 이 『무정』은 1917년에 『매일신보』에 연재되었으며 근대 장편소설의 효시가 되는 작품이다. 『무정』의 소설사적 의의를 간략하게 살펴보면 일상어 문장을 사용했으며, 잘못된 질서와 가치에 대한 지적을 하고 해결방법을 제시했다. 그리고 장편소설이 우리 삶의 총체적인 전모를 드러낸다는 것을 보여주었고, 계몽주의에 대한 이해를 고취시켰다. 이 시기에는 이광수 외에 이해조, 최찬식, 신채호 같은 작가가 있었다.

3) 1920년대

1920년대의 시대적 상황과 특징을 살펴보면 이 시기는 3 · 1운동의 실패로 민족적 좌절을 겪으며 암울한 시대가 계속되었으나 일제가 잠시 문화정치로 전환하기도 한 시기였다. 1920년대 중반에 좌익 이데올로기가 등장하고, 본격적인 서구 문예사조가 유입되어 우리 문학에 상당한 영향을 끼쳤다. 또한 『조선일보』와 『동아일보』가 창간되고, 『창조』, 『백조』, 『개벽』 등 동인지와 종합지가 간행되어 문학의 저변이 확대되었고 전문

문학인의 등장으로 문학적 기반을 확립하였다.

이 시기에는 퇴폐적 낭만주의 시가 유행하였는데 주요한, 홍사용 등이 주요 시인이다. 또한 「백수의 탄식」을 쓴 김기진에 의해 경향시가 등장하였고, 최남선, 이은상, 이병기 등의 국민문학파에 의해 시조 부흥운동이 일어났다. 또한 우리 민족의 정서를 담은 김소월과 「님의 침묵」을 쓴 한용운이 활동한 시기이기도 하다. 김동환에 의해 최초의 근대 장편서사시인 「국경의 밤」이 발표되었고, 저항시인 이상화는 「빼앗긴 들에도 봄은 오는가」를 발표하였다.

> "아하, 무사히 건넜을까,
> 이 한밤에 남편은
> 두만강을 탈없이 건넜을까?
>
> 저리 국경 江岸을 경비하는
> 외투 쓴 검은 순사가
> 왔다 – 갔다 –
> 오르명내리명 분주히 하는데
> 발각도 안 되고 무사히 건넜을까?"
>
> — 김동환, 「국경의 밤」 중에서

이 시기의 소설은 개성의 자각으로 현대소설이 확립되고 완전한 언문일치가 이루어졌다. 특히 묘사가 치밀해지면서 사실주의 수법이 등장, 주류를 이루었고, 단편소설의 확립을 이루었으며, 궁핍한 농민과 노동자의 이야기를 다룬 경향문학이 등장하였다. 1920년대의 문학에서는 궁핍한 현실의 문제를 다룬 사실주의적 작품이 다수 창작되었는데, 가난을 소재로 한 최서해 「탈출기」, 현진건 「운수좋은 날」 등이 좋은 예이다.

문예사조적으로는 사실주의, 유미주의, 자연주의 등이 등장하였고, 작

제 7 장 한국 현대문학의 흐름

가와 작품으로는 현진건 「운수 좋은 날」, 염상섭 「만세전」, 주요섭 「인력 거꾼」, 조명희 「낙동강」, 최서해 「탈출기」, 「홍염」, 김동인 「배따라기」, 「감자」, 나도향 「벙어리 삼룡이」 등이 있다. 김동인의 「감자」는 복녀라는 여인이 환경의 영향을 받아 타락해가는 과정을 그린 '환경 결정론'에 입 각한 작품이다. '환경 결정론'이란 주인공의 운명은 환경에 의해 이미 결 정되어 있다는 이론으로 자연주의 인간관에 기초한다.

4) 1930년대~해방 전까지

이 시기는 일제의 억압과 수탈이 심해지고, 일제에 의해 반체제적인 카프가 해체되는 등 비판적인 문학가가 핍박을 받은 시기였다. 즉 일제 의 탄압으로 우리말과 글을 쓰지 못하게 하는 문화적 공백기였다. 이로 써 목적문학이 퇴조하고 순수문학을 지향하게 되었고 현실에 대한 지적 인식을 바탕으로 한 주지적 경향이 나타났다. 그리고 모더니즘, 생명파 등의 등장으로 문학적 소산이 풍부해졌다. 또한 브나로드 운동의 경향으 로 농촌계몽문학이 등장했으며, 주지주의와 초현실주의 등 새로운 문학 을 수용함으로써 문학의 다양성과 실험성이 대두되었다.

시에서는 김영랑, 박용철, 정지용, 신석정, 이하윤 등이 주축이 된, 시 문학파와 구인회 등의 등장으로 문학의 예술적 기능이 중시되었다. 시 문학파 시인과 작품으로는 박용철 「떠나가는 배」, 김영랑 「모란이 피기 까지는」, 정지용 「고향」, 신석정 「그 먼 나라를 아르십니까」 등이다. 또 한 주지파를 중심으로 모더니즘 시 운동의 전개되었는데, 이미지를 중시 하고 도시 문명의 비판하는 경향을 보였다. 이러한 시인과 작품은 김광 균 「와사등」, 이상 「오감도」 등이다. 이뿐만 아니라 서정주 「화사」, 「자화상」, 유치환 「생명의 서」 등 생명의식을 고취시키고 인생의 궁극적 의미 추구에 주력하는 시인과 작품이 있다. 윤동주 「쉽게 쓰여진 시」, 이육사 「광야」, 「절정」 등 저항과 참회의 시를 쓴 시인과 시가 발표되기도 하였다. 그리고 박목월, 박두진, 조지훈 등 자연친화적인 전원시인들이 등장함으로써 우리나라의 1930년대는 다양한 시의 경향이 나타났다. 그러나 1940년대에 들어서면서 문화적 공백기를 갖게 되었다.

이 시기의 소설은 농촌을 배경으로 하여 비참하고 고통스러운 현실을 그린 농민문학의 등장한 것이 특징이다. 작가와 작품으로는 심훈 『상록수』, 이광수 『흙』, 김유정 「만무방」 등이며, 채만식의 「치숙」 등 풍자 소설이 발표되었다. 역사소설의 작품으로는 김동인 『운현궁의 봄』, 현진건 『무영탑』이 있으며, 가족들의 변천을 다룬 가족사 소설이 염상섭과 채만식에 의해 창작되었다. 대표적인 작품으로는 『삼대』와 『태평천하』가 있다. 그리고 일제강점기 비참한 현실을 있는 그대로 그린 리얼리즘 소설로는 이기영 『고향』, 김남천 『대하』 등이 있다. 이 시기에는 모더니즘 소설로 인간 내면의 분열된 모습을 그린 이상의 「날개」가 있으며, 세태소설로는 박태원 「소설가 구보 씨의 일일」, 『천변 풍경』, 유진오 「김강사와 T교수」 등이 있다. 그리고 지식인의 비애와 좌절감을 사실적으로 쓴 채만식의 「레디메이드 인생」 등도 있다.

채만식의 「레디메이드 인생」은 1934년 5월부터 7월까지 『신동아』에 발표된 단편소설로, 사회주의의 실천적 지식인이 되고자 했으나, 실직 상태에 있는 P의 삶을 통하여 식민지 지식인의 좌절을 풍자적이고 냉소적인 시선으로 그렸다.

2. 해방 직후~1970년대까지

1) 해방 직후

해방 직후는 정치사회적으로 혼란스러웠다. 이 시기는 이념의 갈등이
일어나 문단이 좌익과 우익으로 나뉘었고 그 후 정부수립으로 안정된 모
습을 보이다가 6 · 25를 맞게 되었다. 이 시기에는 청록파가 본격적인 활
동을 하기 시작했고, 일제강점기에 체험한 삶의 절박한 모습, 고향을 잃
은 사람들의 귀향의식 등을 작품에 표현하였다.

시에서는 일제 암흑기를 거치며 위축되었던 시문학이 생기를 찾기 시
작했다. 해방이 되자 광복 직전에 옥중에서 사망한 윤동주 유고 시집『하
늘과 바람과 별과 시』가 발간되었다. 그리고 민족의 정통을 계승하고 민
족에 대한 애정을 주제한 민족주의적 정조의 시가 발표되었다. 박종화
의『청자부』, 김억의『민요집』등이다. 또한 후반기 동인 시집이 박인환,
김경린, 김수영 등에 의해 간행되었으며, 인간 탐구를 보여준 생명파의
활동이 두드러졌다. 작가와 작품은 신석초, 유치환「생명의 서」, 서정주

「귀촉도」 등이다. 그리고 자연을 소재로 한 시가 박목월, 박두진, 조지훈 청록파 시인에 의해 창작되었다.

> 복사꽃이 피었다고 일러라. 살구꽃도 피었다고 일러라. 너이 오오래 정들 이고 살다 간 집, 함부로 함부로 짓밟힌 울타리에, 앵도꽃도 오얏꽃도 피었다 고 일러라. 낮이면 벌떼와 나비가 날고, 밤이면 소쩍새가 울더라고 일러라.
> 다섯 물과 여섯 바다와, 철이야. 아득한 구름 밖, 아득한 하늘 가에, 나는 어디로 향을 해야 너와 마주 서는 게냐.
> – 박두진, 「어서 너는 오너라」 중에서

이 시는 우리나라가 아직 해방이 되기 전에 발표된 것으로, 비극적 현실의 극복과 우리 민족이 해방된 삶의 회복을 염원하는 노래라고 할 수 있다. 이렇듯 간절하게 바라던 대로 해방이 되니 청록파 시인들은 왕성한 활동을 하게 되었을 뿐만 아니라 우리 문단을 이끌고 가는 기둥과 같은 작가가 되었다.

소설은 일제강점기 때 자신이 한 친일행위를 반성하는 내용의 「민족의 죄인」, 신랄한 풍자를 담은 「논 이야기」가 채만식에 의해 해방 후에 발표되었고, 순수한 소년의 성장을 담은 황순원 「별」, 이태준의 자전적 소설 「해방 전후」, 갑자기 해방을 맞이한 양심적 지식인의 고뇌를 담은 지하련의 「도정」 등이 발표되었다. 그리고 귀국 풍경을 그린 허준의 「잔등」, 정신대에 끌려갔던 여인의 귀환을 그린 엄흥섭의 「귀환일기」 등이 있다. 특히 지하련의 소설 「도정」은 해방 공간 곳곳에서 권모술수가 횡행하고 그것이 심지어는 사회주의자들의 핵심부까지 파고 들어오는 현실과 그런 현실 앞에 맞서 고민하는 양심적 지식인의 초상(肖像)이 작가의 날카로운 눈에 의해 생생하게 포착되어 그려지고 있다. 1946년 발표한 작품으로 광복 후 문인들의 자기비판과 삶의 자세를 다룬 수작이다.

이 작품은 운동가였던 주인공 석재가 갑작스러운 광복을 맞아 지식인으로서 자신의 삶의 방향을 찾아 나아가는 내용으로, 광복 전 금광을 했던 동료 기철의 행적을 광복 후의 행적과 대비하는 것을 통해, 석재가 자신이 나아갈 바를 결정하게 되는 작품이다.

2) 1950년대

1950년대는 동족상잔의 비극인 전쟁으로 인해, 우리 민족은 수많은 인명과 재산 피해를 입었고, 정신적으로 심각한 상처를 받은 때였다. 그러므로 기존 가치관에 대한 새로운 가치관의 정립이 필요한 시기였다. 전후문학이 등장하여 전쟁으로 인한 문제들을 드러냈다. 전후문학은 전후의 비참한 현실, 사회의 부조리, 불안의식을 형상화해냈으며, 서구의 실존주의 문학을 수용하면서 인간의 본질 문제, 존재의 해명 등을 담은 실존주의 소설이 등장하였다.

시에서는 전장의 현장을 체험한 종군시인이 활동하면서 현장감 있는 작품들을 창작하였다. 유치환 「보병과 더불어」, 조지훈 「다부원에서」, 구상 「적군 묘지 앞에서」 등이 있으며, '후반기' 동인들이 결성되면서 모더니즘이 다시 전개되었다. 이들은 전쟁의 허무감을 드러내고 문명 비판의 태도를 보였다. 작가와 작품으로는 박인환 「목마와 숙녀」, 김수영, 전봉건 등이 있다. 특히 박인환의 「목마와 숙녀」에는 전쟁으로 인한 절망적 현실과 허무의식이 잘 드러나 있는데 모든 떠나가는 것들에 대한 애상을 허무주의와 도시적 감상성을 바탕으로 표출해내고 있다. 이 외에 전통적 순수시가 계승되어 발전하였는데, 서정주, 박재삼, 이성교, 박용래, 정완영 시인이 있다.

한 잔의 술을 마시고
우리는 버지니아 울프의 생애와
목마를 타고 떠난 숙녀의 옷자락을 이야기한다.
목마는 주인을 버리고 그저 방울 소리만 울리며
가을 속으로 떠났다. 술병에서 별이 떨어진다.
상심한 별은 내 가슴에 가벼웁게 부서진다.
그러나 잠시 내가 알던 소녀는
정원의 초목 옆에서 자라고
문학이 죽고 인생이 죽고
사랑의 진리마저 애증의 그림자를 버릴 때
목마를 탄 사랑의 사람은 보이지 않는다.

　　　　　　　　　　　　　　－ 박인환, 「목마와 숙녀」 중에서

　소설에서는 전쟁 때문에 생겨난 가난, 부조리, 병 등을 소재로 하여 전쟁의 상처를 그려냈다. 황순원 「학」, 「카인의 후예」, 선우휘 「불꽃」, 이범선 「오발탄」, 손창섭 「비오는 날」, 오상원 「유예」, 송병수 「쑈리 킴」 등이 있으며 이 시기에 활동한 작가로는 최인훈, 박경리, 안수길, 하근찬, 서기원, 김성한 등이 있다.

3) 1960년대

　1960년대는 4 · 19와 5 · 16이라는 정치적 격동기를 배경으로 1950년대 문학을 계승하고 발전시켜 성숙한 현대문학으로 발돋움한 시기이다. 정치적인 격동기를 거치며 현실참여적인 문학이 대두되었고 사회현실에 대한 통찰과 역사에 대한 반성 그리고 비판이 일었다. 그리고 한편에서는 문학의 순수성을 옹호하는 문학이 발표되었으며, 많은 작가들의 등장으로 다양한 경향의 작품을 생산하였다.

시는 참여시와 순수시 두 부류로 나뉘어 발표되었다. 현실참여적인 데는 김수영 「어느 날 고궁을 나오면서」, 「거대한 뿌리」, 「풀」, 신동문 「비닐 우산」, 신동엽 「껍데기는 가라」, 신경림, 조태일 「횡포」, 김지하, 최하림, 이성부 시인들과 작품이 대표적이다. 순수 서정시는 전통적 정서를 계승하려는 서정주, 김광섭, 박두진, 조지훈, 조병화, 김남조 등과 시의 예술적 기교를 추구하려는 김춘수, 전봉건, 김광림, 송욱, 문덕수 등 둘로 나뉘었다. 그리고 전통적 정서를 계승하고 현대적 감각을 살린 시조 시인들이 있었는데, 정완영, 김상옥, 이호우 등이다.

소설은 산업화 사회에서 인간 소외와 단절의 문제를 다룬 소설이 다수 발표되었다. 김승옥 「서울, 1964년 겨울」, 「차나 한 잔」, 이청준 「병신과 머저리」, 서정인, 김정한, 황석영, 전광용, 손창섭, 이호철, 방영웅, 이문구, 송기숙, 박태순, 김동리 등이다. 김승옥의 「차나 한 잔」을 소개하면, 소설 주인공 '그'는 자신이 연재하고 있는 신문 만화가 며칠째 실리지 않은 것에 불안해하며 배탈로 아침을 맞는다. 신문사를 찾아가자 문화부장은 그에게 '차나 한 잔' 하자며 다방으로 데려가 그의 만화가 재미없다며 해고한다. 문화부장과 헤어진 그는 연재만화가 실려 있지 않은 어느 신문사를 찾아가 연재를 부탁해 보려고 하지만 거절당하고 만다. 약국에 가서 배탈약을 사 먹고 선배 만화가 김 선생을 찾아가 술을 마시며 답답함을 토로한 후 집으로 돌아온 그는 아내의 따뜻한 반김을 받으며 앞날에 대한 암담함을 느끼는 내용이다.

4) 1970년대

1970년대는 정치적으로 암흑기였으나 경제적으로는 성장의 시대였다. 그러므로 도시개발로 인해 소외받는 빈민층의 문제를 드러내는 작품이 많이 창작되었다. 특히 도시 과밀화로 인간성의 상실과 인간 소외의 문제를 다룬 소설과 분단과 독재에 대한 성찰적 문학이 생산되었다.

「오적」으로 널리 알려진 김지하, 신경림, 고은 등의 시인들이 활동했으며, 소설로는 도시 변두리의 빈민, 노동자 계층의 삶과 피폐된 농촌의 현실을 고발하는 작품이 발표되었다. 이문구 「우리 동네」, 조세희 『난쟁이가 쏘아올린 작은 공』 등이 있으며 최일남, 박태순, 황석영, 윤흥길 등의 작가가 있다. 그리고 소설을 통한 분단 상황의 재인식하는 작품이 발표되었는데, 전상국 「동행」, 이동하, 김원일 「어둠의 혼」 등이 있고, 유재용, 현기영, 조정래, 한승원, 최인호, 김주영, 김성동, 오정희, 이문열 등의 작가가 왕성하게 활동하였다.

3. 1980년대와 그 이후

1980년대는 민중문학이 문단의 세력을 만들기 시작하였다. 특히 1980년에 일어난 광주민주화운동과 그 비극적 체험은 문학적 상상력에 영향력을 행사하게 되었다. 또한 70년대부터 가속화되기 시작한 산업화의 흐름이 급격해지면서 노동자를 양산했고, 노동 문제를 야기시켰다. 그리고 도시화 산업화가 확대되면서 노인의 문제를 다룬 소설이 70년대부터 시작되었고 이후로 더욱 관심이 고조되었다. 80년대 이후부터 문학의 경향도 다원화되었고 페미니즘과 생태주의, 포스트모더니즘 시와 소설이 창작되기 시작하였다. 더구나 많은 여성작가들의 등단으로 문학적 소산이 어느 때보다 풍요로운 시기가 되었다.

시에서는 박노해 「노동의 새벽」, 김초혜 「사랑굿」, 곽재구 「사평역에서」, 기형도 「입속의 검은 잎」, 천상병 「귀천」, 신경림 「가난한 사랑 노래」, 황지우, 고정희, 나희덕, 신현림, 최승자, 최영미, 등이 있다. 소설에서는 임철우 「아버지의 땅」, 「봄 날」, 이문열 「금시조」, 전상국 「우상의 눈물」, 이인성 「낯선 시간 속으로」, 이동하 「폭력 연구」, 양귀자 「원미동

184

사람들」, 최수철, 최병현 등이 있다. 더구나 1990년대가 되면서 등장한 신경숙, 전경린, 차현숙, 서하진, 은희경, 한강, 윤대녕, 이순원, 공선옥, 공지영, 김소진 등은 그 전에 활동하고 있는 작가들과 더불어 왕성한 활동을 하게 된다.

▪▪▪ 연구 문제

1. 한국 현대문학의 흐름을 시대별로 작가와 작품을 중심으로 정리하라.

2. 박완서 소설가의 자전적 소설인 『그 많던 싱아는 누가 다 먹었을까』를 읽고 감상문을 써보자.

3. 신경숙 『엄마를 부탁해』, 최수철 『알몸과 육성』, 이순원 『나무』, 이문열 『아가』, 공선옥 『수수밭으로 오세요』, 은희경 『비밀과 거짓말』, 김훈 『남한산성』, 김소진 『장석조네 사람들』, 윤대녕 『미란』, 최병현 『냉귀지』 가운데 한 작품을 읽고 감상문을 써보자.

제8장

작문의 절차

1. 무엇을 어떻게 쓸까

글쓰기는 '무엇'을 '어떻게' 표현하느냐는 것이다. 무엇은 '내용'을, 어떻게는 '형식'을 말한다고 할 수 있다. 무엇을 쓸 것인가와 어떻게 쓸 것인가 계획하는 가운데, 주제와 글의 설계도가 작성되는 것이다. 글의 목적이 곧 글 쓰는 이의 중심의도가 된다. 엄밀한 의미에서 대학의 공부는 글읽기와 글쓰기로 이루어진다고 해도 과언이 아니다. 글읽기는 다른 사람들이 체험하고 사유한 것을 배우는 일이고, 글쓰기는 스스로가 체험하고 사유한 것을 글로 표현하는 일이다. 글을 씀으로 세계와 자기 자신에 대하여 아는 것을 분명하게 알 수 있다. 그리고 글을 쓰기에 앞서 대상에 대한 깊고 정확한 이해가 필요하다.

1) 말과 글

예로부터 말과 글은 곧 그 사람이라고 했다. 글 속에 그 사람의 됨됨이가 그대로 드러나기 때문이다. 사람들은 말과 글을 통하여 의사를 표현하고 사회생활을 이룬다. 말은 우리의 생각과 행동을 지배하는 힘을 갖고 겨레의 삶 속에 잉태되어 자란다. 그러므로 우리의 말을 지키고 다듬고 가꾸는 것은 겨레의 얼을 지키고 가꾸는 것이다. 글은 말을 문자로 적은 것이다. 사람이 생각하고 느끼는 것이 말과 글의 힘에 의하여 구체화되고 조직화되어 나타나므로, 말과 글은 사람의 창조적인 능력의 바탕이 된다.

2) 좋은 글의 요건

글은 자기표현이기 때문에 관념에서 나온 글은 좋은 글이 될 수 없다. 구체적이고 애정 어린 관찰에서 나온 글이어야 한다. 또 글은 글쓴이의 인품이 드러나기 때문에 글을 쓸 때 마음가짐과 태도가 중요하다. 좋은 글이 갖추어야 할 요건을 한마디로 한다면, 내용이 알차서 읽는 사람이 공감하게 하고 나아가 감동을 주는 글이라고 할 수 있다.

다음은 미국의 수사학자 W. 와트의 견해를 바탕으로 좋은 글의 요건을 소개한다.

(1) 충실성

이것은 내용의 문제로 길게 쓰였더라도 공허하면 좋지 않다. 기교가 서툴러도 내용이 충실한 글이 좋은 글이다.

(2) 독창성

글에 나타난 참신하고 독특하며 창조적인 특성을 말한다. 사물을 보는 관점에서 개성적이어야 한다. 주제, 소재, 표현방법에 있어서 독창적이어야 한다. 러시아 형식주의자들의 '낯설게 하기' 개념을 생각하는 게 필요하다.

(3) 정직성

다른 이가 사용한 어구를 따라 쓰거나, 아이디어나 견해 등을 끌어다 쓰는 경우, 사실이나 통계 예증을 가져다 인용하는 경우에 출처를 밝혀야 한다.

(4) 성실성

자기다운 글을 정성스럽게 쓰는 일을 말한다. 남들이 그렇다고 생각하는 게 아니라 글 쓰는 이가 실제로 생각하는 것을 쓴다.

(5) 명료성

무엇을 쓰고 있는지를 분명히 알 수 있도록 쓴 글이다. 설명문이나 논증문 등에서 더욱 필요한 요건이다. 문예문에서는 고도의 정서적 환기를 위한 기능을 하기도 한다.

(6) 경제성

필요한 자리에 필요한 만큼의 말을 쓰는 것을 말한다. 글을 장황하게 늘어놓거나 중언부언하는 것 등은 합당하지 않다.

(7) 정확성

적합한 어휘를 쓰고 표준어법이나 구문의 원리에 맞는 글을 쓴다. 처음부터 멋진 글을 쓰려고 하지 말고 정확한 문장을 쓰는 게 필요하다. 누구나 알기 쉬운 말을 고르고, 표준어를 쓰고, 구체적인 말을 쓴다.

(8) 타당성

문맥이 시점이나 독자, 목적에 맞도록 쓰여야 하는데, 이러한 기준에 맞아야 한다.

(9) 일관성

글의 시점, 난해한 정도, 어조, 문체, 내용 등이 일률적이어야 한다. 중도에서 변화하면 독자가 받아들일 준비를 할 여유가 있어야 한다.

(10) 완결성

글은 주제와 보조문장으로 완성됨으로써 완결성을 주는 것이다.

(11) 적절한 기교

기교에 치우치면 내용이 부실해져 바람직하지 않으나, 적절한 기교나 기법은 필요하다.

(12) 자연스러움

가식이 없는 글이 좋은 글이며, 억지로 꾸미는 글은 부자연스럽다. 문장의 흐름이 자연스럽고 거슬리는 어구가 없으며 이해가 순조로운 글이어야 한다. 현학적인 글은 부자연스럽다.

2. 작문의 절차

작문을 하려면 창조적 행위의 근본이 되는 사람의 사고에 대하여 생각해보아야 한다. 그리고 언어구조를 정확하게 인식해야 한다. 사고와 언어가 어떻게 서로 관계를 맺는지 살펴보아야 하기 때문이다. 작문의 절차는 일정한 규범이 있는 것은 아니나 대체로 다음과 같이 나눈다.

1) 주제의 설정

주제는 글의 중심내용이며 글 쓰는 이가 말하고자 하는 중심생각으로 주제를 설정할 때 독창성을 고려하는 게 바람직하다. 주제가 진부한 것일 경우에는 표현이나 소재의 독창성을 고려한다. 주제가 세워지지 않는다면 제대로 된 글이 될 수 없다. 좋은 주제가 되려면 주제를 한정하여 구체성을 띄는 게 좋다. 그리고 글 쓰는 이가 관심을 갖고 있으며 잘 아는 것으로 고른다. 무엇보다 독자가 관심을 가질 수 있는 주제를 고른다. 주제가 막연하거나 너무 포괄적이면 글쓰기가 어렵다. 주제가 설정되면

주제문을 써보는데 주제문은 주제를 두고 서술된 명제이다.

2) 자료 수집과 정리

주제를 정하고 주제를 드러내기 위해 글의 자료를 모으는 일과 그것을 정리하는 일이 필요하다. 글의 내용을 형성하는 것들을 글감이라고 하는데, 소재, 제재, 화제, 자료라고 한다. 자료 수집은 사전, 백과사전, 도서, 직접 취재 등 다양한 경로를 통해 한다. 수집한 자료 가운데 실제로 작성하고자 하는 글의 성격에 맞는 것은 선별하고 정리해야 한다.

3) 개요 작성하기

개요는 글의 전체적인 틀을 구상하고 메모나 문장을 통해 설계도처럼 만든 것으로, 일반적으로 사용되는 구성은 서론, 본론, 결론에 의해 쓰이는 3단 구성이다. 서론은 글을 쓰는 동기, 목적, 문제제기, 문제를 다루는 방법이나 이론을 쓴다. 본론은 글의 내용을 몇 부분으로 나누어 분석, 예시, 인용, 논증 등의 방법으로 내용을 정리하고 서술해나가는 것이다. 결론은 본론을 서술하면서 밝혀진 사항을 요약하고 전망이나 대안을 제시하는 것이다.

4) 집필하기

개요가 작성되면 자료수집하고 정리한 것들을 활용하여 얼개에 따라 글을 쓴다. 어휘와 전문적 용어를 사용할 때 사전 등을 사용하여 확실하게 쓴다. 그리고 좋은 글의 요건을 염두에 두고 내용이 충실하며 표현이 적절한 글을 쓴다. 전체적인 통일성을 생각하여 어휘의 선택, 어조, 문체, 단락구성을 고려하여 집필한다.

5) 퇴고하기

(1) 퇴고의 3원칙

① **부가의 원칙** : 모자라거나 빠진 것을 찾아서 보충하고 부연한다.
② **삭제의 원칙** : 군말이나 불필요한 부분, 과장된 부분은 삭제한다.
③ **구성의 원칙** : 문장구성과 주제, 전개양상을 부분적으로 고친다.

이러한 것을 바탕으로 구체적으로 상세하게 살펴볼 점이 있다. 주제가 잘 드러났는지, 주제보다 다른 부분이 강조되지 않았는지, 문장관계는 올바른지, 적확한 용어가 사용되었는지, 독자가 이해하기에 어려움이 없었는지, 오탈자, 맞춤법은 바른지, 문장 부호의 사용은 정확한지, 좋은 글의 요건에 맞는 글인지, 소리 내어 읽어볼 **때** 어색하거나 부자연스러운 부분은 없는지 등이다.

3. 단어

단어는 말과 글을 이루는 요소 중 의미를 가진 가장 작은 단위이다. 적확한 단어가 모여 문장을 이루고 문장이 모여 한 편의 글이 된다. 단어는 글의 가장 기본적인 재료이다. 단어의 뜻에는 개념적 의미와 문맥적 의미 그리고 함축적 의미가 있다.

예) 이슬
    개념적 : 수중기와 같은 물방울
    문맥적 : 덧없는 인생 등
    함축적 : 눈물

(1) 동의관계 : 소리는 다르나 의미가 같은 단어들의 관계이다.

    예) 어머니 – 모친, 싹 – 맹아, 동그라미 – 원

(2) 반의관계 : 단어의 의미가 정반대이거나 양립될 수 있는 관계이다.

    예) 남자 – 여자, 행복 – 불행

(3) 다의관계 : 한 단어에 의미가 여러 가지인 경우이다.

　　예) 갔다 – 길을 가다, 나갔다, 세상을 떠났다 등의 의미로 쓰인다.

2) 단어 선택할 때 유의할 점

(1) 적합한 단어가 사용되었나.

　　예) 사람에게 어린 시절의 기억은 일생을 <u>지배한다.</u>
　　　이런 경우 어떻게 고칠까. 좌우한다가 적절하다.

(2) 명료한 단어인가.

(3) 효율적인 단어인가.

　　예) <u>흔히들 많은 사람들은</u> 이렇게 말한다.

(4) 단어의 배치가 효과적인가.

(5) 외래어나 한자어보다 우리말의 어휘를 사용하고 있나.

(6) 조사와 접속어의 사용은 어떠한가.

(7) 적절하지 않은 관습적인 표현을 쓰고 있지는 않나.

　　예) 같다, 너무너무, 매우 많이 등.

4. 문장

문장은 말 대신 사람의 사상과 감정 그리고 사고를 문자로 표현한 것이다. 그렇기 때문에 생각과 느낌을 말로 하지 않고 글로 적으면 문장이 되는 것이다. 그러나 표현 욕구를 단순하게 말 대신 글로 표현한다고 해서 문장이 되는 것은 아니다. 언어의 문자적 표현을 창조적으로 탐색하는 과정이 필요하다. 그리고 경험한 것과 추론한 바, 사고의 전모를 드러내보이며, 어법의 질서에 부합되는 글을 조탁하는 제반이 필요하다. 이러한 과정을 통해 글이 완성되는 것이다.

좋은 문장을 쓰려면 개인의 사고력과 관찰력을 키우는 과정이 필요하다. 엄밀하게 말한다면 문장 공부는 인생의 수련과도 같은 것이다. 면밀한 관찰력, 깊은 사고력, 정서와 경험이 문장을 이루게 하는 기초가 되고 문장 수련과정을 거친다면 좋은 문장을 쓸 수 있다. 어휘의 적절한 사용과 섬세한 감각 그리고 냉철하고 명확한 판단력에 문장의 갈고 다듬는 수사력이 필요하다.

문장은 말과 글의 기본 단위이다. 문장의 기본 성분은 주어와 서술어로, 무엇이 어떠하다의 모양으로 구성된다. 문장의 조직관계를 염두에 두고 글을 쓰면 정확한 문장을 쓸 수 있다. 문장을 구성할 때 다음과 같은 것에 유의한다.

(1) 동일한 의미를 가지는 어구의 반복은 피한다.

예) 우리 사회에서 어떤 제도가 <u>좋으냐 나쁘냐</u>는 것은 항상 <u>일장일단</u>이 있다.
→ 둘 중에 하나를 빼야 한다. 의미가 반복되고 있기 때문이다.

(2) 문장의 대등관계를 고려한다.

예) 노래는 좋고 춤도 좋다.
→ 대등관계이기 때문에 어색하다. 그래서 노래도 좋고 춤도 좋다라고 바꾸는 것이 자연스럽다.

(3) 문장을 구성하는 수식어와 피수식어의 관계를 살핀다. 서로의 관계가 멀면 수식관계가 불투명해진다.

예) 처음 내가 대학교에 들어가서 한 것은 동아리에 가입하는 것이었다.
→ 이것은 '내가 대학교에 들어가서 처음 한 것은 동아리에 가입한 것이다'라고 바꾸어야 자연스럽다. 피수식어와 수식어의 관계가 멀어서 의미가 불투명하기 때문이다.

(4) 시제를 정확하게 쓰는 게 바람직하다.

(5) 쓸데없는 피동문을 쓰지 말자.

예) 되어지다, 보여지다
→ 되다, 보이다

올바른 문장 쓰기 방법으로는 주어, 서술어, 수식어, 피수식어의 호응과 시제, 어미의 활용 등에 있어서 의미의 호응이 이루어지도록 써야 한다. 그리고 문장 성분의 배열이 순서에 맞게 써야 한다. 주어, 목적어, 술어의 순서로 어순을 지키고, 수식어는 피수식어 앞에 놓는다. 물론 특정한 어구를 강조하기 위해 도치법을 쓰는 것은 예외로 한다. 다음으로는 문장 성분을 갖추어서 써야 한다. 말로 할 때에는 문장 성분이 생략되는 경우가 많으나 문장 쓰기에서는 다르다. 문장 성분을 갖추어 쓰는 것을 원칙으로 하되, 의미에 지장을 주지 않으며 자연스러운 경우에는 생략할 수 있다. 그리고 의미의 중복을 피하고 비문을 쓰지 말아야 한다.

5. 단락 쓰기

1) 단락의 구성

단락은 문장의 작은 집합으로 하나의 의미 덩어리로 문장의 내용 간에 서로 밀접한 관계가 있다. 하나의 단락은 소주제문과 뒷받침문장으로 이루어졌다. 한 단락은 대략 소주제문 하나와 뒷받침문장 5~10개의 문장 정도로 쓴다. 그리고 단락과 단락 간에는 긴밀한 유기적 관계를 가지고 있어야 하며, 시각적인 단락 구분은 첫 칸 들여쓰기로 표기한다. 내용상으로는 의미에 따라 구분된다. 단락은 통일된 이야기를 기준으로 하는 한 토막글의 단위인 것이다.

작문에서 단락을 강조하는데 그 이유는 단락이 글의 논리이기 때문이다. 하나의 단락을 정확하게 논리적으로 쓴다면 글을 잘 쓸 수 있는 훈련이 되었다고 볼 수 있다. 생각이 표현된 하나하나의 문장들이 어떻게 유기적으로 연결되어 한 편의 글이 되는가는 단락을 통해서 알 수 있기 때문이다. 이처럼 소주제를 가지고 있는 단락들이 서로 긴밀하게 관계를 유지하면서 대주제를 향해 구성되어 한 편의 글이 된다. 그렇기 때문에 단락과 단락, 부분과 부분의 연결이 조화롭고 그것들이 구조화되어야 한다.

뒷받침문장은 어떻게 쓸까. 뒷받침문장은 소주제 또는 소주제문의 내용을 펼쳐주는 역할을 한다. 분량으로나 내용으로나 적절하고 알맞아야 하는데, 그것은 소주제문을 받쳐줄 만한 문장으로 되어야 한다는 것이다. 분량이 너무 많으면 중복되는 내용이 있게 마련이고 너무 적으면 충분히 소주제를 뒷받침해줄 수 없을 것이다. 그러므로 한 단락의 적당한 뒷받침문장이 정해져 있지는 않으나 대략적으로 5개에서 10개의 문장이 쓰이게 되는 것이다.

단락을 나눌 때 관련된 내용들을 서로 범주화하는 작업이 필요하다. 가장 바람직한 방법은 소주제에 맞는 뒷받침문장으로 단락을 구성하는 것이다. 그렇지 않다면 글을 써놓고 퇴고하는 과정에서 단락의 소주제와 이질적인 문장들은 삭제하거나 소주제에 맞는 단락으로 옮겨야 한다. 이러한 것을 고려하지 않고 단락을 나눈다면 명료하지 않은 글이 될 것이며, 전체적으로 글의 응집력과 논리성이 떨어지는 글이 되고 만다.

[예문]

인터넷이 정보전달을 위한 매체로 보편화 되면서 많은 변화를 가져오게 되었다. 자동차와 전화 그리고 복사기가 수송 수단과 언어전달 수단으로 사용되면서 획기적인 변화를 초래하였다. 공간의 거리가 축소되고 정보 전달에 있어 시공간의 한계가 사라졌다. 이제는 그뿐만 아니라 휴대전화와 인터넷이 갖는 정보 통신의 혁명은 엄청난 위력으로 우리 곁에 와있다. 인간과 인간의 직접적인 만남보다 가상공간에서의 만남이 더욱 활성화되고 있으며, 쇼핑이나 은행 업무 등 많은 개인적인 일들이 마음만 먹는다면 인터넷 안에서 클릭 몇 번으로 해결될 수 있다. 각종 정보를 담고 있는 인터넷을 언제 어디서나 사용할 수 있어, 인간이 살아가면서 생기는 문제나 필요한 부분에 대한 정보를 수시로 얻을 수 있다.

위의 글을 두 개의 단락으로 나눈다면 어느 부분에서 나눌 수 있을지 생각해 보자. 먼저 생각할 부분이 의미가 달라지는 부분이 어디인가 살펴보아야 할 것이다. 이렇듯 단락은 큰 의미 덩어리라고 볼 수 있다.

2) 단락의 짜임새

단락은 소주제문과 뒷받침문장이 어떻게 짜일 때 어울리느냐에 따라 몇 가지로 나뉜다. 즉 소주제를 어느 위치에 두고 뒷받침문장을 배열하는가의 문제인 것이다. 소주제문의 위치에 따라 나눈 단락의 짜임에는 두괄식, 미괄식, 중괄식, 양괄식, 무괄식 등이 있다.

두괄식은 소주제문이 단락의 앞에 놓이게 된다. 그리고 그 소주제문을 뒷받침하는 문장들이 그 뒤에 위치하게 되는 짜임이다. 가장 흔히 볼 수 있는 단락의 짜임이 두괄식으로 소주제문이 앞에 있기 때문에 독자들은 쉽게 문장의 중심을 파악하게 된다.

미괄식은 소주제문이 단락의 뒤에 놓이게 되는 방식이다. 뒷받침문장들이 단락의 앞에 놓이는데 두괄식과 반대로 구성되는 방식이다. 뒷받침 문장들을 통해 소주제를 이끌어낼 근거를 제시하여 서술한다. 소주제문을 마지막에 드러내기 위해 서술을 앞에 한다고 보면 된다.

중괄식은 소주제문이 단락의 중간부분에 놓이게 되는 방식이다. 앞부분 뒷받침문장이 있고 가운데 부분에 소주제문이 놓이며 다시 뒷받침문장이 놓이게 된다. 이러한 단락 짜임은 독자들이 애매하여 소주제문을 파악하기 어려울 수도 있다.

양괄식은 소주제문이 앞부분과 뒷부분에 놓이게 되는 방식이며, 두괄식의 짜임으로 쓰고 다시 뒷부분에서 중심내용을 다시 강조해주는 방식으로 전개된다. 두괄식의 짜임으로 쓰면 어렵지 않게 쓸 수 있다.

　무괄식은 어디에도 소주제가 잘 드러나지 않는 짜임으로 문학작품에서 볼 수 있다. 소주제문이 드러나지 않았을 뿐 없는 것은 아니다. 그러므로 주장하는 글인 논설문에서는 잘 사용하지 않는 전개방식이다.

1. 동의관계, 반의관계, 다의관계에 있는 단어 5개를 찾아 써보자.

2. 소주제를 하나 정한 다음 두괄식으로 하나의 단락을 완성해보자.

3. 소주제를 하나 정하고 미괄식으로 하나의 단락을 완성해보자.

제9장

글의 진술방식

1. 서사

　서사는 행동이나 사건을 이야기하는 것으로, 의미 있는 사건이나 움직임을 시간적 전개 과정에 따라 서술하는 방식이다. 누가 어떻게 하는지 그리고 무엇이 어떻게 움직이는지, 그것을 시간에 따라 쓰는 것이다. 그러므로 서사의 3요소는 행동, 시간, 의미이다. 어떤 시간 속에서 누가 움직였고 사건이 벌어졌다고 해도 그것은 의미 있는 것이어야 한다. 모든 움직임이 서사가 될 수는 없다. 즉, 서사는 어떤 시간 속에서 일어난 행동이나 사건이 유의미한 것이어야 한다.

　서사는 사건의 앞뒤 관계나 문맥적 연관성을 구체적으로 제시해야 한다. 하루 동안 일어난 사건 가운데 하나를 선택하여 가만히 생각해 본다. 그리고 그 일이 일어나 시간 순서에 따라 기술하면 서사문이 되는 것이다. 일기를 쓸 때 하루 동안 일어난 일을 모두 쓰지는 않는다. 그 가운데서 유의미성이 있는 사건을 선택하여 쓰는 것처럼 서사 또한 그와 같다.

　시 속에도 서사가 들어 있을 수 있다. 시가 생겨난 기원을 찾다보면 이야기 즉 서사와 만나게 된다. 이야기를 기억하기 쉽게 짧은 형식으로 표현한 것이 시라고 할 수 있고, 기억하기 용이하도록 반복이나 운율을 사용하여 시의 형식으로 압축했기 때문이다. 그러므로 시에서도 서사를 흔히 발견할 수 있다.

예) 백석, 「여우난곬족」 / 송경동, 「그 노래들이 잊혀지지 않는다」

노래 한 곡 값으로
이빨 네 대를 바친 적이 있다
(…중략…)
갈 곳 없어 근처 자재창고로 가 간청해 비를 피하며
쓸쓸한 노래 몇 곡을 부르는데
또래쯤 되는 창고장이 시끄럽다고 나가라 했다
이 빗속에서 어디로 가라는 것이냐고
너무하지 않냐고 돌아서는데 뒷골이 멍했다
　　　　　　　 － 송경동, 「그 노래들이 잊혀지지 않는다」 중에서

　소설은 서사가 중요한 골격이 되는 글쓰기이다. 서사가 큰 비중을 차지하는 글쓰기에는 자서전, 회고록, 수기, 기사문 등이 있다. 서사문은 생각이나 느낌보다 이야기가 중심이 되는 글이다. 무슨 일이 일어났는가를 쓰기 위해 사건에 대한 기본적인 이해가 필요하다. 시간적, 공간적 배경을 파악해야 한다. 어떤 시점에서 쓸 것인지 정한다. 글 전체가 행동이나 사건을 다룬 것이므로, 사건과 행동이 가지는 의미가 깊을수록 효과가 있다.

　[예문]
　고향 마을 뒤 나지막한 산 위에 오르면 까치집이 있었다. 아침마다 경쾌한 소리로 짖어대던 까치들의 보금자리가, 저렇게나 높은 나무 위에 있었다는 게 어린 마음에 신비로웠다. 나뭇잎이 다 떨어지고 나면 그제야 보였던 까치집, 그 까치집처럼 우리 집도 참 소박하고 분수에 맞았다. 그리고 그 까치집에 살고 있는 까치네 식구처럼, 우리도 넘치지 않고 모자라지도 않는 집에서 오순도순 살았다. 할머니, 어머니, 그리고 우리 삼남매가.

안채에는 안방과 윗방으로 방이 두 개. 사랑채에는 하나의 사랑방. 방은 저 까치집처럼 세 개였다. 안방에는 할머니와 남동생이 잤고, 윗방에서는 여동생과 내가 어머니와 함께 잤다. 사랑방은 나무를 아끼느라 겨울에는 쓰지 못했고, 따뜻한 철에는 어머니와 나 그리고 여동생이 썼다.

겨울이면 안방 아랫목에 주발에 담긴 밥을 이불 속에 묻어두었고, 학교에서 돌아오면 할머니는 그걸 꺼내 밥상을 차려주셨다. 화로에서 뭉근히 끓고 있는 된장찌개와 함께. 곱은 손으로 밥을 먹으려면 할머니는 따뜻한 손으로 녹여주셨다. 밥을 한 숟갈 입에 넣고 씹으며 숟가락을 놓으면 어느새 할머니는 양손 속에 고사리 같은 내 손을 넣고, 조물락 조물락 만지작거리며 녹여주시곤 했다. 그때의 안온하고 포만감이 느껴지던 마음은, 밥으로 부른 배보다 더 나를 행복하게 만들었다.

[활동]

• 실수담이나 그에 관련된 일화를 이야기로 만들어보자.

• 시 한 편을 정해서 사건이나 인물 등을 상상하여 서사문을 써보자.

• 부모님의 일대기나 자서전을 써보자.

2. 묘사

묘사는 어떤 대상의 구체적인 모습을 그림을 그리듯이 언어로 그려 나타내는 방법으로 대상의 생김새와 소리, 행동, 느낌 등에 대한 깊은 관찰에서 시작된다. 묘사는 문예문 쓰기와 실용문 쓰기에도 효과적이며, 설명적 묘사와 암시적 묘사로 나눌 수 있다. 설명적 묘사는 대상의 상태를 정확한 지식이나 정보를 전달하기 위해 객관적으로 그려서 보여주는 방법이다. 암시적 묘사는 대상 자체의 정보나 실체와 무관하게 글쓴이의 주관적 인상이나 느낌이 생생하게 그려지는 묘사방법이다. 객관적, 주관적 방법이 있다.

[설명적 묘사의 예문]

그녀는 개에게 가끔 센베이를 주었다. 그녀가 방에서 나오는 기척이 들리면 어떻게 알았는지 벌써 개들이 달려왔다. 수컷 두 마리는 그녀의 무릎에 머리를 부비기도 하고 손바닥을 핥기도 했지만 하얀 개는 언제나 몇 발짝 뒤에 서 있었다. 그녀는 김이 박힌 센베이 몇 개를 무릎에 부서뜨린 다음 개들에게 던져 주었다. 수컷들은 정신없이 센베이를 핥기 시작했다. 거친 콧김을 내뿜으며 자기 발밑에 있는 부스러기를 주섬주섬 핥으면서도 그 사이 다른 놈의 발밑에 있는 부스러기를 그놈이 다 먹어치워 버릴까 봐 옆 눈으로 연신 그 쪽을 쳐다보았다.

– 은희경, 「그녀의 세 번째 남자」 중에서

[암시적 묘사의 예문]

어렸을 때 생각이 난다. 마루까지 빗발이 들이치다가 가고 나면 냇가로 물고기를 잡으러 나갔었지. 한사코 떼어놓고 가려는 언니의 뒤를 징징거리며 따라다녔던 기억이 있다. 언니는 어쩔 수 없이 내 손을 잡아 주었고, 나는 금세 쨍한 낯빛이 되어서 언니의 뒤를 따라서 또랑을 지나 냇가로 나가곤 했다. 언젠가는 지나는 길에 그 냇가를 보게 되었는데 저수지가 생겨난 통에 물길이 달라져서 그 냇가는 잡초만 무성한 천이 되어 있었다. 그래도 내 기억 속의 최초의 물은 그 냇가의 물이다.

– 신경숙, 「그는 언제 오는가」 중에서

묘사문을 쓰려면 지배적인 인상을 중심으로 그림을 그리듯 써야 하기 때문에, 대상에 대한 면밀한 관찰이 선행되어야 한다. 그리고 대상을 묘사할 수 있는 시점을 선택하고 묘사를 효과적으로 하기 위해 비유나 상징 등을 이용한다.

[활동]

• 가족이나 친구 등 가까운 사람 가운데 선택하여 지배적인 인상을 암시적 묘사로 써보자.
• 학교 건물을 설명적 묘사로 써보자.

3. 설명

설명은 어떤 사실을 정의하여 말해주고 정보를 제공하며, 사물과 상황을 보여주는 진술방식이다. 어떠한 사물에 대하여 또는 문제에 대하여 그것이 무엇인지 어떠한지 진술해주는 것이다. 즉, 사물의 뜻을 밝혀주는 방식이다. 설명의 구체적인 방법에 정의, 지정, 예시, 비교, 대조, 유추, 분류, 구분 등이 있다. 설명은 서사나 묘사의 진술보다 객관적이고 과학적인 문장이다. 글을 쓰는 목적이나 동기에 따라 글의 진술 방식이 달라진다. 그러므로 설명은 지식과 정보를 제공하는 글인 국어사전이나 백과사전 그리고 참고서 등에 주로 쓰이는 진술 방식이다.

(1) **정의** : 어떤 단어나 개념에 대하여 그 의미를 풀어서 설명하는 것이다.

(2) **지정** : 어떤 대상이나 사물에 대하여 특정한 자격을 부여하는 것을 의미한다. 이것은 무엇이냐에 그것은 무엇이다, 라고 말해주는 방식이다.

(3) **예시** : 예를 들어 설명하는 것이다.

(4) 비교 : 어떤 두 사물 간의 유사점이나 공통점을 드러내 설명하는 것이다.

(5) 대조 : 어떤 두 사물 간의 차이점이나 구별점을 들어 설명하는 것이다.

(6) 유추 : 두 대상의 공통점에 근거를 두어 새로운 결론을 도출하는 방식이다.

(7) 분류와 구분 : 대상을 기준에 따라 나누거나 묶어서 설명하는 것은 분류이고, 구분은 일정한 기준에 따라 나누는데 상위에서 하위로 나누는 것이다.

설명문을 쓰려면, 대상에 대한 체계적이고 정확한 지식을 가져야 하고, 개인의 감정과 주장을 배제해야 한다. 무엇보다 설명하는 대상이 정확해야 하며, 독자의 수준과 성격을 파악해야 한다.

[활동]
• 주제를 자유롭게 정하여 설명문을 써보자.
• 나무를 관찰하여 설명문을 써보자.

4. 논증

논증은 상대방을 논리적으로 설득해 자기의 주장을 전달하고 증명하는 글쓰기의 진술방식이다. 어떤 사건, 문제, 의견, 판단이 글 쓰는 데 기본 조건이다. 무엇보다 논리적 사고가 중요하다. 논증의 방식 글쓰기에는 신문 사설, 시사 평론, 문학 평론, 변론, 보고서, 논문 등이 있다. 논증의 구성은 논제(명제, 주장), 논거, 증명으로 이루어지고, 논제는 토론이나 논증문의 주제이며 결론에 해당하는 것이다. 논거는 논제의 옳고 그름이나 적절함과 부적절함을 증명하기 위해 논리적으로 설득시킬 수 있는 근거로, 사실 논거와 소견 논거가 있다. 사실 논거는 객관적으로 검증될 수 있는 구체적 사실이나 증거 자료, 통계 등이며, 소견 논거는 이미 널리 권위를 인정받고 있는 사람들의 의견을 말한다. 논거로 통계나 다른 이의 의견을 인용할 경우에는 구체적인 정보를 인용하고 출처를 반드시 밝혀야 한다.

(1) 명제의 종류

사실 명제는 진실을 확인하는 명제로, 분명한 사실을 토대로 그 사실에 대하여 옳고 그름 또는 그름에 대한 판단을 필요로 한다. 정책 명제는 당위를 주장하는 명제로, 당위성과 옳고 그름을 밝히고 주장함으로써 상대방으로 믿게 되는 것이다. 가치 명제는 가치 판단을 내리는 명제로 사건이나 문제에 대해 좋고 나쁨의 정도를 따져 가치에 대한 판단을 한다.

(2) 논리를 전개하는 방법

귀납법은 구체적인 사실을 근거로 일반적 원리를 발견해 가는 것이다. 이때 소주제문은 결론인 명제이다. 연역법은 이미 알고 있는 일반적 원리나 사실을 근거로 특수한 사실이 어떠한 것인지 주장하는 방법이다. 연역법의 대표적인 경우가 삼단논법이다. 그리고 유추법은 유사한 관계에 있는 다른 사항의 속성들을 근거로 하여 같은 속성이 있을 것으로 추리하는 방식이다. 이때 유사관계에 있는 두 사물의 유사점은 표면적인 것이 아닌 본질적인 것이어야 한다.

▪▪▪ 연구 문제

1. 서사, 묘사, 설명, 논증에서 제시된 활동 문제 가운데 각각 하나씩을 선택

　하여 글을 써보자.

제10장

글쓰기의 실제

1. 시사 비평문

　시사 비평이란 사회의 다양한 모습을 비판적으로 사유하는 형식의 글쓰기다. 우리 사회에서 일어나는 사회문화에 대한 관찰력과 분석력 그리고 사고력을 길러주는 게 시사 비평문 쓰기라고 할 수 있다. 끊임없이 경험하고 부딪치게 되는 대중문화 속에서 그것을 판단하고 비평한다는 것은, 이 시대를 살아가는 한 주체로서 사회적 의미와 역할에 대하여 생각해 볼 수 있게 한다.

　시사 비평문의 종류를 살펴보면 다음과 같다. 시사 문제에 대한 평론으로 여론의 동향을 표출하는 글은 시론이다. 시사 칼럼은 신문 잡지 등에서 시사적인 문제에 대하여 간단한 촌평 형식으로 쓰는 글이다. 논설은 시사 비평 가운데 가장 논리적이고 논증적인 글쓰기이다. 그러므로 객관적인 근거가 필요하고 독자들은 논설을 읽을 때 비판적 태도가 필요하다. 시사 비평문을 쓸 때 시사 문제에 관한 자료를 수집하고 그 문제를 분석하는 과정이 필요하다.

　비평문을 쓰는 방법의 순서를 보면, 사건에 관한 객관적 사실 수립하는 과정으로 사건을 둘러싼 주변 상황에 대한 정보 수집을 한다. 다음은 자료 평가하고 분석하는 과정을 거치고 그 후에 사건에 대한 비평적 방향 결정한다. 서두에서는 비평의 방향에 대하여 기술한다. 본문에서는 문제점과 이유를 기술하고, 비평자의 주관적 견해와 평가 등으로 마무리한다.

비평문을 쓰고 퇴고하는 과정에서 논지는 일관성을 유지하고 있는가, 주제는 잘 드러났는가, 논거의 제시는 충분한가, 무리하거나 일반화의 오류를 저지르고 있지 않은가, 구체성이 있는가, 예시는 적절한 것을 사용하고 있나, 소재나 주제 또는 표현에 있어 독창적인가 하는 것들을 생각하고 고쳐쓰기를 해야 한다.

2. 기사문

기사문이란 알릴 만한 가치가 있는 사실을 객관적으로 쓴 글이다. 기사문은 기본적으로 육하원칙에 따라 쓴다. 기사를 형식적으로 분류하면, 스트레이트 기사, 르포 기사, 해설성 기사가 있는데, 스트레이트 기사는 육하원칙으로 쓰며 사건을 전달하는 기사이다. 르포 기사는 사건이 벌어지는 현장을 스케치하는 것이며, 해설성 기사는 사건이 벌어진 원인 배경 등 전문가의 분석을 바탕으로 설명하는 기사이다. 기사문의 특성은 보도성, 사실성, 공정성, 간결성, 객관성, 정확성, 신속성이라고 할 수 있다.

기사문은 표제, 부제, 전문, 본문, 해설의 순서로 작성하게 되는데 중요한 사실부터 기술한다. 표제는 기사의 핵심이며, 중요한 내용을 압축적으로 표현한 것이다. 부제는 큰 기사일 때 사용하는데, 표제를 뒷받침하여 내용을 구체적으로 쓰는 것이다. 전문은 표제에서 제시한 내용을 요약문의 형식으로 하여 자세하게 밝히는 것이며 본문은 내용을 상세하게 적은 것으로 육하원칙에 따라 쓴다. 마지막에 사건의 전망이나 분석 평가 등의 해설을 쓴다.

기사문을 작성할 때에는 객관성, 공정성을 가지고 써야 하며 주관적 표현은 삼가야 한다. 정확한 사실을 바탕으로 문장은 간결하고 명료하게 육하원칙에 따라 쓴다. 그리고 독자가 이해하기 쉽게 도표나 사진 그림 등을 이용할 수 있고, 제목과 부제목이 적절해야 한다.

3. 서평

독서를 기반으로 한 글이라는 점에서 독서감상문과 비슷해 보이지만 다르다. 독서감상문은 개인의 주관적 소감을 위주로 한 글이다. 서평은 객관적 입장에서 그 책의 가치와 의의 및 한계를 분석적으로 비판하고 평가하는 글이다. 서평은 기사성 서평, 전문지나 잡지, 학술지에 실리는 서평이 있는데, 요즘에는 블로그에 올리는 자신만의 시각을 담은 서평 등이 있다. 서평은 이해와 비판, 가치 평가로 구성되는데 책의 내용에 대한 전반적인 소개와 내용에 대한 비판, 가치 평가로 이루어진다. 서평에서 중요한 것은 객관성과 정확성이다.

서평은 도입부와 본문 그리고 결말부로 구성된다. 도입부에서는 책이 나오게 된 배경, 책이 문제 삼는 점, 책의 핵심, 평가 기준 등을 제시한다. 본문에서는 저자의 발표 시기와 배경, 책의 구성과 내용, 저자의 입장 파악, 다른 책과의 비교 등을 서술하고, 결말부에 책이 지닌 가치와 한계를 점검하며 가장 인상적인 부분을 환기시킨다.

4. 자기소개서

자기소개서는 자신을 소개하는 글이다. 요즘 자기소개서의 가치와 의미가 부상하고 있는 실정이다. 자기소개서가 그만큼 인재를 등용할 때 중요한 평가 기준이 된다는 것을 입증하고 있는 것이다. 회사에 입사하는 경우 지원자의 내실을 평가할 수 있는 구체적 자료의 하나이기 때문이다. 자기소개서는 단시간 내에 써지는 것이 아니므로 충분한 시간을 두고 작성해야 한다. 자기만의 특성을 가진 잘된 자기소개서를 쓰기 위해서는 작성하기 전에 자기 탐색의 시간을 갖는 것이 필요하다. 고요하게 자신과 마주하여 생각해 보는 시간이 필요한 것이다.

그렇다면 왜 기업이나 단체에서 자기소개서를 요구하는가. 그것은 가정환경, 성장과정, 입사 지원 동기나 장래성, 기본적인 문장력을 알아보기 위해서이다. 그리고 사람을 구하는 입장에서는 자기소개서를 통해 지원자의 정보와 함께 지원 동기가 확실하고 일을 하려는 자세가 되었는지 확인할 수 있다. 성장과정은 인격과 인생관에 영향을 미치므로, 자기소개서의 형식은 있으나 개성과 주관이 드러나는 글이다. 같은 사건을 겪더라도 해석하는 것이 다르기 때문에 인격, 인생관을 알아볼 수 있다.

자기소개서에 들어갈 내용을 살펴보면 성장배경, 성격, 학교생활, 지원 동기, 취미와 특기, 장래 희망과 포부 등이 있다. 그런데 이러한 부분은 너무나 획일적이고 진부하기 때문에 이것을 어떻게 엮어내어 자기의 모습을 소개하느냐가 관건이라고 할 수 있다.

기술방식은 성장해온 과정을 연대기적으로 쓰되 개성 있게 표현해야한다. 추상적이고 진부하거나 상투적인 표현은 지양하고, 성장에 영향을 미친 은사나 주변 인물, 책 등을 언급하는 것이 좋다. 자기의 성격을 구체적으로 써야 하지만, 천편일률적인 말은 삼가고, 본인의 성격을 언급할 때는 추상적인 표현보다 일화를 통해 소개하는 게 바람직하다. 학창시절을 기술하게 될 경우, 중요하게 다룰 부분은 최종 학교생활이고 이전 학창생활은 요약적이며 특징적으로 간략하게 소개한다. 전공이나 활동분야 등은 지원 업종과 연계해 소개하는 게 좋다. 지원 동기는 기업의 입장에서는 실제적인 관심사가 되는 부분이므로 확실하고 신념이 있어야 한다. 강한 의지를 피력하되 정확한 정보를 가지고 있어야 하며, 그렇지 못하다면 솔직하게 아는 대로 쓴다. 그리고 자신의 장점을 최대한 나타내되 업무상 도움이 될 수 있는 부분을 체험과 함께 자세히 쓰는 것이 좋다. 장래희망과 포부를 통해 일에 대한 의욕과 인생관을 기술한다. 막연하고 추상적인 표현을 배제하고 계획 또는 각오를 구체적으로 쓰며, 과장된 포부를 열거해서는 안 된다.

작성할 때 유의할 점으로는 문장은 간결하고 품위 있게 쓰며, 기본적인 내용은 꼭 써야 한다. 과장되지 않으면서 솔직하게 쓰고, 일관성 있는 표현을 유지하며, 한자어나 외래어 사용은 자제해야 한다. 무엇보다 추상적이지 않고 구체적인 표현을 해야 한다.

유머감각이 뛰어난 아버지와 매사에 정직하고 성실한 어머니 밑에서 자란 저는 두 분의 성품만큼 훌륭하지는 않지만 도덕적인 테두리 안에서 자라왔습니다. 그것은 모두 부모님의 올바른 가르침 덕분이었습니다. 자기가 노력하여 얻지 않은 것은 바람직하지 않다는 아버지의 가르침과 정직하고 정확한 것을 좋아하는 어머니의 가르침으로 바른 도덕관이 형성된 사람이 되기 위해 노력하고 있습니다.

어머니께서는 가정 형편이 넉넉한 편이 아닌데도 저에게 좋아하는 음악을 공부할 수 있도록 길을 열어주셨고 그렇게 시작한 음악이 제 인생을 결정하게 되었습니다. 제가 대학생이 되었을 때에는 가정에 어려운 일이 생겨 학업을 중단할 위기에 처한 때도 있었으나, 어려움을 통해 인내심과 인생의 가치를 더욱 생각하게 되었습니다. 훌륭한 분들이 많지만 저는 교육자인 어머니께서 학생들을 대하는 모습과, 어려운 현실을 꿋꿋하게 헤쳐나가는 긍정적인 삶의 자세 속에서 많은 것을 배울 수 있었습니다. 그래서 일찍이 저의 꿈을 음악교사로 정하고 그 꿈을 이루기 위해 준비하며 오늘까지 왔습니다.

저의 성격은 어릴 적에 매우 소심하고 내성적이었으나, 지금은 쾌활하고 적극적인 성격으로 바뀌었습니다. 그 계기는 가정에 닥쳐온 어려운 현실과 무관할 수 없습니다. 구체적으로 말한다면 가장인 아버지께서 편찮으시게 된 것입니다. 보통 어려운 일이 생기면 가족이 해체되고 우울해진다고 하는데, 저희는 그와 반대로 온 가족이 하나로 뭉쳐 아버지를 돌보며 사랑으로 어려움을 극복했습니다. 그러면서 저 또한 적극적인 성격으로 변하게 되었던 것입니다. 지금은 그러한 어려움을 통해 정신적으로 더욱 성숙해졌으며, 타인의 아픔도 나의 아픔처럼 느낄 수 있는 넉넉한 마음의 소유자가 되었습니다. 그래서 저는 앞으로 제가 가진 지식이나 성격의 장점을 학생들을 가르치는 데 뿐 아니라 이웃에게도 나누어 주고 싶습니다.

　제가 가장 좋아하고 잘 할 수 있는 일을 하며 산다는 것은 그 어떤 풍요로운 경제력과 높은 명성을 갖는 것보다 행복한 일일 것입니다. 저는 제가 배운 음악적 지식과 교육철학을 토대로 학생들에게 좋은 교사가 되고자 합니다. 또한 대학교의 교육과정을 통해 익힌 것을 토대로 현재의 구체적인 커리큘럼과 교수방법을 더 배워 발전하는 교사가 되고 싶습니다. 기회를 주신다면 이 사회에서 요구하는 바람직한 사람이 되도록 학생들을 지도하는 일에 최선을 다하겠습니다.

　좋은 교사는 실력을 갖추는 것은 물론 음악적 철학이 분명해야 한다고 배웠는데, 제 소견에는 그것에 학생들을 사랑하고 그 학생들의 눈높이에 맞도록 지도해야 한다고 생각합니다. 무엇보다 이 시대의 인재로서 역할 수행을 하기 위해 창의적인 교수법과 청소년의 심리 연구에 주력하겠습니다. 그리고 학생들의 정서 안정을 위해 꼭 필요한 음악교육을 위해 최선을 다하는 교사가 되겠습니다.

　이 소개서를 비평적 시각으로 보고 더 채워 넣어야 할 부분과 잘 된 부분 또는 삭제할 부분들을 찾아보자.

5. 보고서 쓰기

리포트는 어떤 과제나 문제를 조사하거나 연구하여 그 결과를 보고하는 글로, 대학수업을 받으면서 많이 제출하게 되는 것이 이 보고서이다. 리포트의 유형은 요약형(어느 부분을 읽고 요약하는), 요약+의견제시형(읽고 요약한 후 자신의 의견을 쓰는), 쟁점 제시형, 자료 수집 정리형, 비교 혹은 대조형, 기획 제안형(이공계 분야에 많은 유형), 실험 보고서, 창작 과제형(예술계통의 보고서) 등이 있다.

리포트를 쓸 때는 먼저 주제 및 제목을 선정하고, 리포트의 형식 분량, 제출 마감일을 확인한다. 지나치게 광범위하거나 협소한 주제, 제목은 좋지 않다. 다음 단계는 관련 자료의 수집하고 정리하는 단계로, 리포트의 목적 및 범위를 간략하고 진술한다. 그리고 리포트 작성에 필요한 참고 자료의 목록을 정리한다. 수집한 자료 가운데 주제에 맞지 않는 것은 분류하여 빼놓는다. 그렇게 정리한 자료를 읽고 논리적인 범주에 따라 분류한다. 자료 수집과 정리가 끝나면 얼개를 짠다. 얼개가 작성되면 초고를 쓴다. 이것은 이미 작성된 개요를 앞에 두고 리포트의 초고를 쓴다.

글을 쓰는 도중에 참고 자료의 번호를 적어 두어 자료의 출처를 확보한다. 초고 수정단계에서는 단락, 문장, 단어 수준에서 글을 다듬는다. 자신이 인용한 자료들이 충분히 믿을 수 있는지 다시 확인한다. 마지막 단계에서는 제목, 페이지, 표, 주석 등 요구된 형식을 정확히 따랐는지 확인한다. 그리고 주요 참고문헌의 배열이 잘 되었는지 보고, 퇴고의 원칙에 따라 꼼꼼하게 고쳐 쓴다.

리포트의 체계는 대개 표지와 목차, 본문(서론-본론-결론) 그리고 참고문헌으로 구성된다. 참고문헌은 지은이, 책이름, 출판사, 출판 연도, 인용면 순으로 기록한다.

　　예) 최명숙, 『문학과 글』, 푸른사상, 2013, p.34.

▪▪▪ 연구 문제

1. 책을 한 편 읽고 서평을 써본다.

2. 학교에서 일어난 일을 취재하여 기사문을 써본다.

3. 자기소개서를 써본다.

제11장

국어정서법

1. 바르게 쓰기

모음이나 ㄴ 받침 뒤의 렬이나 률은 열과 율로 쓴다.

예) 분렬 → 분열   백분률 → 백분율

　　성공율 → 성공률

사이시옷에 대한 규정

[순우리말 합성어일 때]   [우리말과 한자어 합성어일 때]

예) 귀밥 → 귓밥   예) 귀병→ 귓병

　　아래마을→ 아랫마을   　후날 → 훗날

　　뒤머리→ 뒷머리   　제사날→ 제삿날

　　깨잎 → 깻잎

예외규정 : 곳간, 셋방, 숫자, 찻간, 툇간, 횟수, 치과, 초점

축약되는 경우

예) 간편하게 → 간편케   다정하다 → 다정타

　　가하다 → 가타   거북하지 → 거북지

　　생각하지 → 생각지

유의할 것 : 받침 ㄱ, ㄷ, ㅂ, ㅅ, ㅈ 받침 다음에 '하' 탈락

띄어쓰기에 관한 규정

• 별개의 단어(명사, 관형사, 부사, 형용사, 동사 등)는 띄어 쓴다.

• 조사와 어미는 앞말에 붙여 쓴다.
  예) 꽃이, 꽃마저, 꽃밖에

• 의존 명사는 띄어 쓴다.
  예) 할 수 있다, 뜻한 바

• 단위를 나타내는 명사는 띄어 쓴다.
  예) 차 한 대

• 두 말을 이어주거나 열거할 적에 쓰이는 다음의 말은 띄어 쓴다.
  예) 국장 겸 과장, 열 내지 스물, 청군 대 백군

• 보조 용언은 띄어 씀을 원칙으로 하되, 경우에 따라 붙여 씀도 허용한다.
  예) 불이 꺼져 간다 (불이 꺼져간다)
      비가 올 성싶다 (비가 올성싶다)
      잘 아는 척한다 (잘 아는척한다)

• 고유 명사 및 전문 용어의 경우, 성과 이름, 성과 호 등은 붙여 쓰고 이에 덧붙는 호칭어, 관직명 등은 띄어 쓴다.
  예) 김양수, 서화담, 채영신 씨, 최치원 선생

• 둘 다 허용되는 경우
  예) 인덕 대학교
      인덕대학교

발음변화에 따른 표준어 규정

예) 강남콩 → 강낭콩   삭월세 → 사글세

     돐 → 돌   웃니 → 윗니

     윗어른 → 웃어른

• 둘 다 허용

예) 네/예   쇠고기/소고기

     자장면/짜장면

자주 틀리는 어휘

예) 안 되 – 안 돼   바램 – 바람

     장마비 – 장맛비

2. 문장부호의 사용

1) 마침표[終止符]

(1) 온점(.), 고리점(。)

가로쓰기에는 온점, 세로쓰기에는 고리점을 쓴다.

① 서술, 명령, 청유 등을 나타내는 문장의 끝에 쓴다. 다만, 표제어나 표어에는 쓰지 않는다.

> 예) 압록강은 흐른다(표제어)
> 꺼진 불도 다시 보자(표어)

② 아라비아 숫자만으로 연월일을 표시할 적에 쓴다.

> 예) 1919. 3. 1. (1919년 3월 1일)

(2) 물음표(?)

의심이나 물음을 나타낸다.

① 직접 질문할 때에 쓴다.

② 반어나 수사 의문(修辭疑問)을 나타낼 때 쓴다.

③ 특정한 어구 또는 그 내용에 대하여 의심이나 빈정거림, 비웃음 등을 표시할 때, 또는 적절한 말을 쓰기 어려운 경우에 소괄호 안에 쓴다.

(3) 느낌표(!)

감탄이나 놀람, 부르짖음, 명령 등 강한 느낌을 나타낸다.

2) 쉼표[休止符]

(1) 반점(,), 모점(、)

가로쓰기에는 반점, 세로쓰기에는 모점을 쓴다. 문장 안에서 짧은 휴지를 나타낸다.

3) 따옴표[引用符]

(1) 큰따옴표(" "), 겹낫표(『 』)

가로쓰기에는 큰따옴표, 세로쓰기에는 겹낫표를 쓴다. 대화, 인용, 특별 어구 따위를 나타낸다.

(2) 작은따옴표(' '), 낫표(「」)

가로쓰기에는 작은따옴표, 세로쓰기에는 낫표를 쓴다.

4) 묶음표[括弧符]

(1) 소괄호(( ))

① 원어, 연대, 주석, 설명 등을 넣을 적에 쓴다.
② 특히 기호 또는 기호적인 구실을 하는 문자, 단어, 구에 쓴다.
③ 빈 자리임을 나타낼 적에 쓴다.

(2) 중괄호({ })

여러 단위를 동등하게 묶어서 보일 때에 쓴다.

(3) 대괄호([ ])

① 묶음표 안의 말이 바깥 말과 음이 다를 때에 쓴다.
　　예) 나이[年歲]
　　　　낱말[單語]
　　　　手足[손발]

② 묶음표 안에 또 묶음표가 있을 때에 쓴다.

3. 한글맞춤법

* 밝혀두기 : 제2, 3, 4장은 국립국어원 홈페이지의 어문규정 자료를 참
고하기 바람. 수록된 부분 또한 자주 쓰는 것만 발췌하였음
* 국립국어원 홈페이지 주소: http://www.korean.go.kr/09_new/

제1장 총칙

제1항 한글 맞춤법은 표준어를 소리대로 적되, 어법에 맞도록 함을 원칙
으로 한다.

제2항 문장의 각 단어는 띄어 씀을 원칙으로 한다.

제3항 외래어는 '외래어 표기법'에 따라 적는다.

제5장 띄어쓰기

제1절 조 사

제41항 조사는 그 앞말에 붙여 쓴다.

꽃이	꽃마저	꽃밖에	꽃에서부터	꽃으로만
꽃이나마	꽃이다	꽃입니다	꽃처럼	어디까지나
거기도	멀리는	웃고만		

제2절 의존 명사, 단위를 나타내는 명사 및 열거하는 말 등

제42항 의존 명사는 띄어 쓴다.

아는 것이 힘이다.	나도 할 수 있다.
먹을 만큼 먹어라.	아는 이를 만났다.
네가 뜻한 바를 알겠다.	그가 떠난 지가 오래다.

제43항 단위를 나타내는 명사는 띄어 쓴다.

한 개	차 한 대	금 서 돈	소 한 마리
옷 한 벌	열 살	조기 한 손	연필 한 **자루**
버선 한 죽	집 한 채	신 두 **켤레**	북어 한 **쾌**

　　다만, 순서를 나타내는 경우나 숫자와 어울리어 쓰이는 경우에는 붙여 쓸 수 있다.

두시 삼십분 오초	제일과	삼학년
육층	1446년 10월 9일	2대대
16동 502호	제1실습실	80원

제44항 수를 적을 적에는 '만(萬)' 단위로 띄어 쓴다.

십이억 삼천사백오십육만 칠천팔백구십팔

12억 3456만 7898

제45항 두 말을 이어 주거나 열거할 적에 쓰이는 다음의 말들은 띄어
쓴다.

국장 겸 과장   열 내지 스물   청군 대 백군

책상, 걸상 등이 있다   이사장 및 이사들   사과, 배, 귤 등등

제46항 단음절로 된 단어가 연이어 나타날 적에는 붙여 쓸 수 있다.

그때 그곳   좀더 큰것   이말 저말   한잎 두잎

제3절 보조 용언

제47항 보조 용언은 띄어 씀을 원칙으로 하되, 경우에 따라 붙여 씀도
허용한다.(ㄱ을 원칙으로 하고, ㄴ을 허용함.)

ㄱ	ㄴ
불이 꺼져 간다.	불이 꺼져간다.
내 힘으로 막아 낸다.	내 힘으로 막아낸다.
어머니를 도와 드린다.	어머니를 도와드린다.
일이 될 법하다.	일이 될법하다.

다만, 앞말에 조사가 붙거나 앞말이 합성 동사인 경우, 그리고 중
간에 조사가 들어갈 적에는 그 뒤에 오는 보조 용언은 띄어 쓴다.

잘도 놀아만 나는구나!   책을 읽어도 보고…….

네가 덤벼들어 보아라.   강물에 떠내려가 버렸다.

그가 올 듯도 하다.   잘난 체를 한다.

제4절 고유 명사 및 전문 용어

제48항 성과 이름, 성과 호 등은 붙여 쓰고, 이에 덧붙는 호칭어, 관직명 등은 띄어 쓴다.

김양수(金良洙)	서화담(徐花潭)	채영신 씨
최치원 선생	박동식 박사	충무공 이순신 장군

　　다만, 성과 이름, 성과 호를 분명히 구분할 필요가 있을 경우에는 띄어 쓸 수 있다.

　　남궁억/남궁 억　　　독고준/독고 준

제49항 성명 이외의 고유 명사는 단어별로 띄어 씀을 원칙으로 하되, 단위별로 띄어 쓸 수 있다.(ㄱ을 원칙으로 하고, ㄴ을 허용함.)

ㄱ	ㄴ
대한 중학교	대한중학교
한국 대학교 사범 대학	한국대학교 사범대학

제50항 전문 용어는 단어별로 띄어 씀을 원칙으로 하되, 붙여 쓸 수 있다.(ㄱ을 원칙으로 하고, ㄴ을 허용함.)

ㄱ	ㄴ
만성 골수성 백혈병	만성골수성백혈병
중거리 탄도 유도탄	중거리탄도유도탄

제6장　그 밖의 것

제51항 부사의 끝음절이 분명히 '이'로만 나는 것은 '-이'로 적고, '히'로만 나거나 '이'나 '히'로 나는 것은 '-히'로 적는다.

1. '이'로만 나는 것

가붓이	깨끗이	나붓이	느긋이	둥긋이
따뜻이	반듯이	버젓이	산뜻이	의젓이
가까이	고이	날카로이	대수로이	번거로이

2. '히'로만 나는 것

극히	급히	딱히	속히	작히
족히	특히	엄격히	정확히	

3. '이, 히'로 나는 것

솔직히	가만히	간편히	나른히	무단히
각별히	소홀히	쓸쓸히	정결히	과감히
꼼꼼히	심히	열심히	급급히	답답히

제52항 한자어에서 본음으로도 나고 속음으로도 나는 것은 각각 그 소
리에 따라 적는다.

(본음으로 나는 것)	(속음으로 나는 것)
승낙(承諾)	수락(受諾), 쾌락(快諾), 허락(許諾)
만난(萬難)	곤란(困難), 논란(論難)
안녕(安寧)	의령(宜寧), 회령(會寧)

제53항 다음과 같은 어미는 예사소리로 적는다.(ㄱ을 취하고, ㄴ을 버림.)

ㄱ	ㄴ
-(으)ㄹ거나	-(으)ㄹ꺼나
-(으)ㄹ걸	-(으)ㄹ껄
-(으)ㄹ게	-(으)ㄹ께
-(으)ㄹ세	-(으)ㄹ쎄
-(으)ㄹ세라	-(으)ㄹ쎄라

-(으)ㄹ수록	-(으)ㄹ쑤록
-(으)ㄹ시	-(으)ㄹ씨
-올시다	-올씨다

다만, 의문을 나타내는 다음 어미들은 된소리로 적는다.

| -(으)ㄹ까? | -(으)ㄹ꼬? | -(스)ㅂ니까? |
| -(으)리까? | -(으)ㄹ쏘냐? | |

제54항 다음과 같은 접미사는 된소리로 적는다.(ㄱ을 취하고, ㄴ을 버림.)

ㄱ	ㄴ	ㄱ	ㄴ
심부름꾼	심부름군	귀때기	귓대기
익살꾼	익살군	볼때기	볼대기
일꾼	일군	판자때기	판잣대기
장꾼	장군	뒤꿈치	뒷굼치
장난꾼	장난군	팔꿈치	팔굼치
지게꾼	지겟군	이마빼기	이맛배기
때깔	땟갈	코빼기	콧배기
빛깔	빛갈	객쩍다	객적다
성깔	성갈	겸연쩍다	겸연적다

제55항 두 가지로 구별하여 적던 다음 말들은 한 가지로 적는다.(ㄱ을 취하고, ㄴ을 버림.)

ㄱ	ㄴ
맞추다(입을 맞춘다. 양복을 맞춘다.)	마추다
뻗치다(다리를 뻗친다. 멀리 뻗친다.)	뻐치다

제56항 '-더라, -던'과 '-든지'는 다음과 같이 적는다.

1. 지난 일을 나타내는 어미는 '-더라, -던'으로 적는다.(ㄱ을 취하고, ㄴ을 버림.)

ㄱ	ㄴ
지난겨울은 몹시 춥더라.	지난 울은 몹시 춥드라.
깊던 물이 얕아졌다.	깊든 물이 얕아졌다.
그렇게 좋던가?	그렇게 좋든가?

2. 물건이나 일의 내용을 가리지 아니하는 뜻을 나타내는 조사와 어미는 '(-)든지'로 적는다.(ㄱ을 취하고, ㄴ을 버림.)

ㄱ	ㄴ
배든지 사과든지 마음대로 먹어라.	배던지 사과던지 마음대로 먹어라.
가든지 오든지 마음대로 해라.	가던지 오던지 마음대로 해라.

제57항 다음 말들은 각각 구별하여 적는다.

가름	둘로 가름.
갈음	새 책상으로 갈음하였다.
거름	풀을 썩인 거름.
걸음	빠른 걸음.
거치다	영월을 거쳐 왔다.
걷히다	외상값이 잘 걷힌다.
걷잡다	걷잡을 수 없는 상태.
겉잡다	겉잡아서 이틀 걸릴 일.
그러므로(그러니까)	그는 부지런하다. 그러므로 잘 산다.

그럼으로(써) 　(그렇게 하는 것으로)	그는 열심히 공부한다. 그럼으로(써) 은혜에 보답한다.
노름 놀음(놀이)	노름판이 벌어졌다. 즐거운 놀음.
느리다 늘이다 늘리다	진도가 너무 느리다. 고무줄을 늘인다. 수출량을 더 늘린다.
다리다 달이다	옷을 다린다. 약을 달인다.
다치다 닫히다 닫치다	부주의로 손을 다쳤다. 문이 저절로 닫혔다. 문을 힘껏 닫쳤다.
마치다 맞히다	벌써 일을 마쳤다. 여러 문제를 더 맞혔다.
목거리 목걸이	목거리가 덧났다. 금 목걸이, 은 목걸이.
바치다 받치다 받히다 밭치다	나라를 위해 목숨을 바쳤다. 우산을 받치고 간다. 책받침을 받친다. 쇠뿔에 받혔다. 술을 체에 밭친다.
반드시 반듯이	약속은 반드시 지켜라. 고개를 반듯이 들어라.

부딪치다	차와 차가 마주 부딪쳤다.
부딪히다	마차가 화물차에 부딪혔다.
부치다	힘이 부치는 일이다.
	편지를 부친다.
	삼촌 집에 숙식을 부친다.
붙이다	우표를 붙인다.
	책상을 벽에 붙였다.
시키다	일을 시킨다.
식히다	끓인 물을 식힌다.
아름	세 아름 되는 둘레.
알음	전부터 알음이 있는 사이.
앎	앎이 힘이다.
안치다	밥을 안친다.
앉히다	윗자리에 앉힌다.
어름	두 물건의 어름에서 일어난 현상.
얼음	얼음이 얼었다.
이따가	이따가 오너라.
있다가	돈은 있다가도 없다.
저리다	다친 다리가 저린다
절이다	김장 배추를 절인다.
조리다	생선을 조린다. 통조림, 병조림.
졸이다	마음을 졸인다.

주리다	여러 날을 주렸다.
줄이다	비용을 줄인다.
하노라고	하노라고 한 것이 이 모양이다.
하느라고	공부하느라고 밤을 새웠다.
−느니보다(어미)	나를 찾아오느니보다 집에 있거라
−는 이보다(의존 명사)	오는 이가 가는 이보다 많다.
−(으)리만큼(어미)	나를 미워하리만큼 그에게 잘못한 일이 없다.
−(으)ㄹ 이만큼(의존 명사)	찬성할 이도 반대할 이만큼이나 많을 것이다.
−(으)러(목적)	공부하러 간다.
−(으)려(의도)	서울 가려 한다.
(으)로서(자격)	사람으로서 그럴 수는 없다.
(으)로써(수단)	닭으로써 꿩을 대신했다.
−(으)므로(어미)	그가 나를 믿으므로 나도 그를 믿는다.
(−ㅁ, −음)으로(써)(조사)	그는 믿음으로(써) 산 보람을 느꼈다.

▪▪▪ 연구 문제

1. 틀리기 쉬운 어휘나 문장을 5개 찾아 쓰고 고쳐라

2. 국립국어원 홈페이지(http://www.korean.go.kr/09_new/)에 가서 어문규정을 다운 받아 읽어보고 스스로 공부하자.

■·· 참고문헌

강현국 외, 『문학의 이해』, 학문사, 2004.

경원대학교 교재편찬위원회, 『색깔 있는 글쓰기』, 역락, 2008.

고려대학교 교양국어편찬위원회 편, 『문장연습』, 고려대학교 출판부, 2000.

고봉준 외, 『문예사조』, 시학사, 2007.

교재편찬위원회, 『매체의 다변화와 열린 글쓰기』, 세종출판사, 2000.

구인환, 『소설론』, 삼지원, 1997.

권영민, 『문학의 이해』, 민음사, 2009.

김대행, 『문학이란 무엇인가』, 문학사상사, 1992.

김시태, 『문학의 이해』, 태학사, 2002.

김영진 외, 『자기표현과 글쓰기』, 한올출판사, 2006.

김욱동, 『환유와 은유』, 민음사, 1999.

김윤식 · 김현, 『한국문학사』, 민음사, 1997.

김윤식 외, 『한국 현대문학사』, 현대문학, 1996.

김은철 · 백운복, 『문학의 이해』, 새문사, 2002.

김종윤 외, 『시적 감동의 자기 체험화』, 봉명, 2004.

김종회 외, 『문학의 이해』, 한올아카데미, 2011.

김준오 편, 『한국 현대시와 패러디』, 현대미학사, 1996.

김준오, 『시론』, 삼지원, 2009.

문학과문학연구소, 『문학의 이해』, 삼지원, 2009.

박연구, 『수필과 인생』, 범우사, 1994.

박진 · 김행숙, 『문학의 새로운 이해』, 청동거울, 2004.

박철희, 『문학이론 입문』, 형설출판사, 2009.

서정수, 『논리적인 글쓰기』, 정음문화사, 2004.

양승국, 『한국현대희곡론』, 연극과인간, 2001.

양운덕, 『문학과 철학의 향연』, 문학과지성사, 2011.

어문연구회 편, 『언어와 文學』, 한국문화사, 2002.

오규원, 『현대시작법』, 문학과지성사, 1996.

윤명구 외, 『문학의 개론』, 2007.

유종호, 『문학이란 무엇인가』, 민음사, 1998.

이대규, 『독서와 작문의 이론』, 신구문화사, 1998.

이상섭, 『문학비평 용어사전』, 민음사, 1997.

이승훈, 『모더니즘 시론』, 문예출판사, 1995.

이승훈, 『포스트모더니즘 시론』, 세계사, 1997.

이오덕, 『무엇을 어떻게 쓸까』, 보리, 2001.

이정자 · 한종구, 『문학의 이해』, 한올출판사, 2012.

이재선, 『한국현대소설사』, 민음사, 1991.

이재식, 『문학의 이해』, 고요아침, 2007.

이철호, 『수필창작의 이론과 실기』, 정은출판, 2005.

이혜원 외, 『2012 올해의 좋은 시』, 푸른사상, 2012.

장창영, 『디지털 문화와 문학교육』, 글누림, 2009.

장현숙, 『황순원 다시 읽기』, 한국문화사, 2004.

장현숙, 『황순원 문학연구』, 푸른사상, 2005.

찰스 E. 메이, 최상규 옮김, 『단편소설의 이론』, 정음사, 1984.

한국현대소설학회, 『현대소설론』, 평민사, 2008.

한용환, 『소설학 사전』, 고려원, 1992.

황경선 외, 『응용인문학과 콘텐츠』, 푸른사상, 2012.

찾아보기

문학과 글

1판 1쇄 · 2013년 3월 15일
1판 2쇄 · 2014년 2월 28일

지은이 · 최명숙
펴낸이 · 한봉숙
펴낸곳 · 푸른사상
주간 · 맹문재 | 편집 · 김재호 | 교정 · 김소영, 김재호

등록 · 1999년 7월 8일 제2-2876호
주소 · 서울특별시 중구 충무로 29(초동) 아시아미디어타워 502호
대표전화 · 02) 2268-8706(7) | 팩시밀리 · 02) 2268-8708
이메일 · prun21c@hanmail.net / prunsasang@naver.com
홈페이지 · http://www.prun21c.com

ⓒ 최명숙, 2013

ISBN 978-89-5640-988-7 93810
값 17,000원

문학과 글

문학과 글